異世界キッチンから こんにちは 2

風見くのえ

Kunoe Kazami

レジーナ文庫

登場人物紹介
アスラン
炎を司る獅子の聖獣王。
自信家で偉そうな態度の
"俺さま"だが、
カレンを大切にする
優しいところも。
カレン(大森蓮花)
老舗のお弁当屋の看板娘。
突然、異世界にトリップして、
カレンという新しい名と聖獣を
喚び出せる召喚魔法を授けられた。
喚び出したイケメンな聖獣たちに
助けてもらいながら、
この世界初のお弁当屋を開店する。

シャガ
虚空を操る
黒豹の魔獣王。
何やら悪事を企んで
いるようで……？
アダラ
闇を操る龍の魔獣王。
天の邪鬼で
人付き合いが苦手。
アウル
風を司る鵬の聖獣王。
陽気な性格で
人間にも友好的。
ウォルフ
大地と緑を司る
狼の聖獣王。
生真面目で
頭が硬い。
カムイ
水と氷を司る
シロクマの聖獣王。
心配性な
お父さん気質。

目次

異世界キッチンからこんにちは2

第一章　「お弁当会議」

円盤状の大地が四つ、それぞれ浮きながら重なる不思議な世界。

この世界の第三層に位置する人間界には、四つの国がある。その一つであるヌーガル王国に、一年ほど前、この世界ではじめてのお弁当屋がオープンした。

王都ヨーザンの目抜き通りを一本外れた道沿いにある店舗兼住宅の大きな家がそれで、赤い屋根が目印だ。

お弁当屋の店主――カレンは、仕事が一段落した店のキッチンで、料理をしていた。黒髪のポニーテールを揺らし、上機嫌に手を動かしている。

彼女はとりたてて美人というわけではない、ごく普通の女性だ。しかし、実は彼女はこの世界の住人ではなかった。

以前は、地球の日本でお弁当屋さんに勤めており、大森蓮花（おおもりれんか）という名前で暮らしていたのだ。

カレンは、手を動かしながらふと思う。

（この世界に来てから、もう一年と五ヵ月くらい経つのね……。早いものだわ）

ちなみにこの世界の暦は、地球と違う。一週間は十日、一ヵ月は五週、一年は八ヵ月である。

こちらの暦で一年と五ヵ月ほど前のある日、彼女は道路に空いた穴に落ちてしまった。

なんとそれは、神さまのメンテナンス不足で地球に空いた穴。そのせいで、彼女はこの世界へやってくる羽目になったのだ。

神さまは謝罪し、翻訳魔法と召喚魔法、そしてカレンという新しい名前を授けてくれた。

そうして彼女は、言葉も文化もまったく違う異世界で生きていくことになったのだ。

太陽と満月が並んで空にあり、人間以外に聖獣と魔獣と呼ばれる生き物のいる、この世界で――

普通、突然そんな目にあえば、ショックを受けてなかなか立ち直れないものだろう。

しかしカレンは、お弁当屋をはじめて毎日元気に暮らしている。

昼食を食べる習慣のなかったこの世界で、カレンのお弁当は一躍大人気になった。今ではカレンの店以外にも王都で数店のお弁当屋が開店している。

お弁当箱も普及し、王都のさまざまな雑貨屋で売られるようになっていた。

（お弁当が人気になってくれて、本当によかったわ。……さて、これでよし、っと）

カレンが皿に料理を盛りつけたちょうどその時、深紅の髪の青年がキッチンを覗きこんだ。

「カレン、準備は……あぁ、ちょうどできたみたいだな。行こう、みんなが待ってる」

彼はニッと笑うと、カレンが用意しておいたコーヒーサーバーを持った。

「えぇ！　今行くわ」

カレンは皿を手に取ると、リビングへ向かった。

――彼が言う〝みんな〟が、カレンがこの世界でやっていけている、最大の理由だ。

日本では、天涯孤独の身の上だったカレン。彼女は、召喚魔法で喚び出した聖獣や魔獣と、家族になったのだ。

個性的で一癖も二癖もあり、そして何故かイケメン揃いの聖獣や魔獣たちは、今ではカレンの大切な愛すべき家族になっている。

異世界でさまざまなトラブルにあい、それをみんなで乗り越えながら、彼女たちは家族の絆を深めてきた。

家族全員が集まれる広いリビングにカレンが入ると、テーブルの上に六組のカップとソーサーがセットされていた。

そこに揃った家族を見て、カレンは声をかける。

「みんな、お待たせ。今日のおつまみは、フライドポテトよ」

皮をむいたジャガイモを拍子木切りにして、しっかり洗い、水に十分さらしてから水分をふき取る。薄力粉をまぶして油で二度揚げすれば、美味しいフライドポテトの出来上がりだ。

カレンの明るい声に、部屋の中にいた四人の青年のうちの三人が、椅子から立ち上がった。

「やった！　カレン、トマトケチャップはある？　俺は、フライドポテトには絶対トマトケチャップだと思うんだよね」

カレンに負けない明るい声の持ち主は、アウルという名の青年だ。ふんわりとした虹色の髪をしたイケメンだが、彼の本体は、風を司る鵬の聖獣王。楽しいことが大好きな明るい性格をしている。

「バカを言え。フライドポテトに合うのは、塩コショウに決まっている」

アウルに対して真面目に反論するのは、短い黒髪を後ろに流した背の高い青年だった。

彼の名はウォルフ。彼もまた人間ではなく、本体は大地と緑を司る狼の聖獣王だ。

「私は、どちらもいけるぞ」

鷹揚に話すのは、短い白銀の髪を持つ大柄な青年だった。彼の名はカムイ。本体は水と氷を司るシロクマの聖獣王だ。お父さん気質のカムイは、家族の中で一番の大食漢でもある。

「大丈夫よ。どっちも用意してきたわ」

カレンはそう言うと同時に、テーブルの上にアツアツのフライドポテトを置いた。フライドポテトの皿の脇にはトマトケチャップの入った小皿と塩コショウの瓶も、ちゃんと準備してある。

「俺とカレンが二人で作ったフライドポテトだ。ありがたく食べろ」

偉そうに言う深紅の髪の青年の名は、アスラン。彼もまた聖獣で、本体は炎を司る、翼を持つ獅子の聖獣王だ。とんでもないイケメンで、性格は俺さまだった。

彼ら四人と、先ほどから椅子に座ったまま動かない長い黒髪の青年――アダラが、カレンの大切な家族である。

アダラは、闇を操る龍の魔獣王。ほかのみんなが聖獣の中で、たった一人だけの魔獣だ。

アスランの言葉に、アダラはバカにしたようにフンと笑った。

「偉そうに。どうせ、お前がしたのは芋の皮むきと油の加熱くらいだろう?」

魔獣は、長年聖獣や人間と敵対していた存在である。アダラも最初はカレンたちの敵だった。

　そのせいでカレンの召喚獣となった今も、彼は、みんなとなかなか仲良くなれないでいる。

　アダラの言葉を聞いたアスランは、ムッとしたように眉間にしわを寄せた。カレンは慌ててアスランの手を引く。こちらを向いた彼を、視線でなだめた。

　アスランは、仕方ないなと言わんばかりの表情をしつつも、眉間のしわを消す。

「確かにその通りだ。油を適温に保つ火加減は難しくてな。苦労した」

「とても上手にやってくれたわよ！　おかげで中はホクホク、外はカリッとした美味しいフライドポテトができたもの」

　怒りを抑えてくれたアスランへの感謝もこめつつ、カレンは心からの賞賛を送る。彼は青紫の目をスッと細めると、優しく笑った。

　その笑みに、カレンはポッと頬を熱くする。

（もう、もう、本当にイケメンなんだから！）

　カレンはアスランを特別に思っていた。

　異世界に落ちた直後、寂しさと不安に泣いていたカレン。助けてほしいと伸ばした手で、最初に召喚した聖獣がアスランだ。その後も一番そばにいて、彼女を助け、支えてくれた。俺さまだけどカレンには優しくて、いつだって彼女を大切にしてくれる。そんなアスランに恋せずにいられるはずがない。幸いにして、アスランもカレンを愛してくれて、二人は両思いだ。

しかし、カレンは自分の気持ちを伝えていない。そのため二人の仲はジレジレで、あまり進展していなかった。

（だって私、アスランのそばにいると、ドキドキして心臓が破裂しそうになってしまうんだもの）

日本では、恋人どころか片思いの相手もいなかったカレン。つまり、これが初恋で、カレンは自分の心の変化に戸惑っている。

アスランが好意を素直に伝えてくれるのは嬉しいし、両思いだと思えば天にも昇る心地になる。けれど、ストレートすぎるアスランのアピールに対応しきれず、もう少し余裕が欲しいと思っていた。

そんなカレンの願いとは裏腹に、アスランはグイグイ迫ってくる。

今も――

「コーヒーは温めながら俺が淹れる。カレンは座っていろ」

優しい笑顔を向けたまま、アスランは椅子を引いて彼女を座らせてくれた。その動きは紳士的で、何よりカレンに対する思いやりに溢(あふ)れている。

カレンは顔を熱くしたまま、ストンと椅子に腰かけた。

(これ以上、私を好きにさせてどうするの⁉)

そう心の中で悶(もだ)えてしまう。

そんなカレンを、ほかの聖獣たちは微笑ましく見つめていた。

一方、アスランに軽く躱(かわ)された形になったアダラは、不機嫌そうに眉をひそめている。

そのままスッと席を立った。

「アダラ？」

「先に休む」

素っ気なく言って、ドアに向かうアダラ。

「え？　あ、でもコーヒーとフライドポテトは？」

「いらない」

「でも、これから明日のメニューの最終確認もするのに」

お弁当屋のメニューは、カレンが原案を考えている。それをもとに、一日の仕事が終わった後の団欒(だんらん)の時間に、みんなで話し合いながら正式にメニューを決めることになっていた。お茶を飲み、お菓子を食べつつ、自由に意見を言い合う『お弁当会議』の時間だ。カレンたちは、今まさにそれを開こうとしていた。

それなのに、アダラは足を止めない。

「好きに決めろ」

短くそう言うと、協調性ゼロの魔獣は出ていった。

残されたカレンたちは、困ったように顔を見合わせる。

「やれやれ、まったく。いつまで経っても懐かない蛇(へび)だな」

本体が龍のアダラは、蛇(へび)にも姿を変えることができるため、時々そう呼ばれている。

あきれた様子のカムイはそう言って肩をすくめると、フライドポテトに手を伸ばし、そのままパクリと口に入れた。

「本当に、勝手気ままな奴だよね」

コーヒーにミルクと砂糖をたっぷり入れながら、アウルもぼやく。自由気ままさ加減なら、アウルも負けてはいないと思うのだが、確かにアダラの態度は問題だった。

「魔獣が召喚獣になること自体、はじめてのケースだからな。奴もあれで、いろいろ悩んでいるのかもしれない。……夜はあまり眠れていないようだし」

そう言ったのはウォルフだ。その言葉にカレンは目を瞠(みは)る。

「アダラ、眠れていないの？　どうしてわかるの？」

心配するカレンの隣に腰かけながら、アスランが彼女の頭にポンと手を置いた。

「聖獣も魔獣も気配に敏感だからな。同じ家の中にいる奴が寝ているかどうかくらいはわかる」

「そうなの……」

「でも、大丈夫。元々、聖獣も魔獣も、人間のようにぐっすり眠ることは少ないんだ。夜眠れないからといって、そんなに心配する必要はない」

アスランは、なだめるようにカレンの頭を撫でた。

「それでも心配だわ。眠れないから、いつもあんなに不機嫌なのかもしれないし。眠れるように、何か手を打てないかしら」

真剣にアダラのことを考え、うつむくカレン。

アスランは、少し不服そうに顔をしかめた。

「……なんだか妬けるな」

ポツリと呟いた。

「え？」

「いや。なんでもない。……アダラのことは、俺たちも考えてみる。だから一人でそう悩むな。それより、お弁当会議をしないといけないだろう？」

アスランの言葉に、カレンはハッとする。確かにその通りだった。

「そうそう。それに、早く会議をはじめないと、お茶請け（ちゃう）がなくなっちゃいそうだよ」

アウルの言葉に、カレンは慌てて顔を上げた。見れば、お皿に山盛りあったフライドポテトが半分くらいに減っている。

みんながあきれたように見る先では、カムイがトマトケチャップと塩コショウの両方をつけたフライドポテトを、黙々と食べていた。

「きゃあっ！　カムイ、いくらなんでも食べすぎよ！」

いつの間にか、カムイはアダラの分のコーヒーまで自分の手元に引き寄せている。

大食漢（たいしょくかん）のカムイの手は止まらない。

その日の団欒（だんらん）は、カムイが食べすぎだという話で紛糾したのだった。

翌日の団欒（だんらん）の時間、カレンはアダラのカップにハーブティーを淹（い）れ、彼の前に置いた。

「カモミールティーよ。カモミールは気分をリラックスさせてくれて、安眠効果があるって言われているの。アダラがあまり眠れていないんじゃないかって聞いたから。試してみて」

大地と緑の聖獣王であるウォルフに、不眠に効くと思われるハーブをたくさん生やしてもらった。カモミールにバジル、ラベンダーなど、不眠症に効能があると言われるハーブは数多くある。アダラに合うものを見つけるべく、いろいろ試してみるつもりだ。

「お茶請けは、ラベンダーのクッキーにしてみたの。色合いもきれいに出て、美味しそうでしょう？」

ニコニコとクッキーを差し出すカレン。

アダラは驚いたように彼女を見た。

「……俺のために作ったのか？」

カレンは、こくりと頷く。

「悩みや困っていることがあるなら、話してくれると嬉しいけど……。それができなくても、私にできることをしたいから」

魔獣ではじめて、人間の召喚獣になったアダラ。その葛藤は大きく、いろいろ悩んでいるのかもしれない。

しかし、眠れていないことも、その原因も、アダラが自分で言うとは思えなかった。

たとえ教えてもらえたとしても、魔獣であるがゆえの悩みをカレンが解決できる保証はない。

だから、カレンは、まず自分のできることをしたいと思ったのだ。

「飲んでみて。気に入ってくれたら、毎日淹れるわ」

カレンにすすめられ、アダラはカモミールティーを口に含む。コクンと飲んで、ほぉと息を吐いた。

「これはリンゴの香りか？　不思議と優しい味だな」

いつも険しいアダラの表情が少し和らいで見えて、カレンは嬉しくなる。

「もし甘い方がよかったら、蜂蜜もあるわよ。カムイが集めてくれたの。ウォルフはたくさんハーブを生やしてくれてね。カモミールを乾燥してくれたのはアスランとアウルよ」

カレンの言葉に、アダラは驚いたようにアスランたちを見た。聖獣たちは、みな苦笑している。

「カレンの望みを叶えないわけにはいかないからな」

言い訳みたいなアスランの言葉に、アダラはフッと笑った。

「お人好しな聖獣だな」

「お人好しで何が悪い！」

「別に。……悪くない」

そう言ったアダラは、今度はクッキーに手を伸ばす。彼が自分からお菓子を食べようとするのは、はじめてだ。一口食べた瞬間、アダラは嬉しそうに口角を上げた。

「……これも、悪くない」

アダラの言葉を聞いたカレンは、とても嬉しくなる。うきうきとテーブルにつけば、アスランたちも安心したように笑う。

その日の会議で、アダラが席を立つことはなかった。


次の日の昼前、カレンとアスランは王都を囲む外門の西口にお弁当を配達に行った。その帰り道で、カレンはアスランにアダラの不眠解消策を相談する。

この時間帯、外門から続く大通りは、大勢の人でごった返している。徒歩の人が多いが、中には馬に乗った人や馬車を使う人もいて、賑(にぎ)やかな通りは王都ヨーザンの繁栄ぶりをよく表していた。

「不眠にいいのは、やっぱりリラックスすることなのよね。お風呂にゆっくり入るとか、気持ちのいい音楽を聴くとか。アロマテラピーもいいって言われているわ」

考えながら一生懸命に話すカレン。

「――アスラン、どれがいいと思う？」

思いつく限りの不眠解消策を挙げたカレンは、隣を歩くアスランを見上げながらたずねた。

雑踏の中でも目立つほど背の高い青年は、派手な深紅の髪をかき上げ、ため息をつく。

しかも、彼は複雑な表情をしていた。

なんだか様子がおかしい。カレンは心配して彼の顔を覗（のぞ）きこんだ。

「アスラン、どうしたの？」

「ああ。いや、自分の心の狭さに、がっかりしているだけだ」

カレンは、わけがわからずに首を傾（かし）げる。

「カレンは、優しすぎる」

ポツリとアスランは呟（つぶや）いた。

「そんなことないわ」

「あるさ。現に今も、なかなか俺たちに馴染（なじ）めず眠れないアダラを心から心配して、いろいろ解決策を考え、実行しようとしている。その優しさは、何より好ましいカレンの長所で、大切にしたい。……だが、俺が隣にいるのに、カレンがアダラのことばかり話すことに、俺は嫉妬（しっと）しているんだ」

心底情けなさそうに告げられたアスランの言葉に、カレンはびっくりする。

アスランは、苦しげにカレンを見つめていた。青紫色の瞳がカレンを映し、彼女の胸はドクンと高鳴る。

アスランがヤキモチを焼いてくれているのかと思うと、嬉しいような、恥ずかしいような――逃げ出したいような、自分でもわけのわからない気持ちがこみ上げてくる。

「ア、アスラン――」

「お前の目に映るのが、俺だけならいいのに」

熱のこもった言葉と同時に、アスランはカレンの方に手を伸ばしてきた。大きく男らしい手が近づいてきて、心臓が爆発しそうになったカレンは、思わずピクッと体を震わせる。

彼女が怯えていると思ったのだろう、アスランの手が止まった。

どちらも動けない、時が停止したような瞬間――

突如、ガラガラと大きな音が響く。アスランは慌ててカレンを抱きかかえると、道の端に寄った。見れば、ほかの通行人も焦った様子で道をあけている。

そこへ、六頭の馬に引かれた大きな馬車が現れた。木製の車体に白い幌をかけた馬車で、十人ほど乗れる大きさだ。石畳の道路の上を、大きな音を立てて走っていった。

「駅馬車か。通行人が多いのに、かなり飛ばしているな。……危ないだろう？」

駅馬車とは、この世界の一般的な移動手段である。王都と主だった都市の間や、その都市と小さな町の間で定期的に運行されている。

アスランは眉間にしわを寄せ、去っていく馬車を不機嫌そうに睨みつけた。

一方カレンは、駅馬車どころではない。カレンを抱きかかえたアスランが、まだ彼女を離してくれないせいだ。アスランの大きな手は華奢なカレンの腰と頭を支え、逞しい彼の胸に彼女の頬を押し付けている。ドクドクとダイレクトに感じるアスランの鼓動に、カレンの顔は熱くなった。

「大丈夫か、カレン？　ケガはないか？」

アスランはそう声をかけながら、彼女の顔を覗きこんでくる。

カレンの顔は、きっと真っ赤になっているだろう。そんな顔を見られたくなくて、カレンはアスランの胸に顔を押し付けた。

「カ、カレン⁉」

「見ないで。私、今、すごくみっともない顔をしている」

さらに密着したせいで、アスランも動揺したようだ。

「……カレン！」

焦ったような声を上げるアスラン。カレンの耳に届く彼の鼓動が、速くなっていく。

アスランが体を離そうとしたのを察して、カレンはイヤイヤと首を横に振り、ますます彼にしがみついた。

「ああっ……くっそ！　可愛すぎるだろう」

そう言うや否や、アスランはカレンを抱く手に力をこめる。

カレンが正気に戻るまで、二人はしばらく人通りの多い道端で抱き合っていた。周囲から、「滅べ、バカップル」という不穏な声が聞こえたが、テンパっていたカレンは、それが自分たちに向けられた言葉だと気がつかなかった。

その日、アダラのために作った、気分を落ち着かせ安眠に導くアロマオイルを、自分も使ったカレンだった。


カレンたちの努力が功を奏したのか、数日後には、アダラは少し落ち着いてきた。

夜のお弁当会議から抜け出すこともなくなったし、何よりよく眠れているようだ。

「どうにもならないことを悩んで、夜中にお前たちの〝歌〟を聴かされるのはごめんだからな」

いろいろ試してみた不眠症対策で、アダラに一番不評だったのが、聖獣たちによる子守歌の合唱だ。イケメンでなんでもできる印象のアスランたちだが、唯一、歌は苦手らしい。彼らの歌を聴いたアダラは、「拷問か」と呻いた。

カレンの歌だけならなんとか聴けるのだが、アダラの枕元でカレンが歌うことを、アスランが断固として許してくれなかった。「〝安眠〟じゃなく〝永眠〟させてしまいそうだ」と呟くアスランの言葉を聞いて、歌うのを断念したカレンだ。

「まあ、でも歌を聴かされるのが嫌で悩むのをやめたんだから、ある意味一番効果があったのかもしれないよね？」

能天気なアウルの言葉に、アダラは顔をしかめる。

カレンは苦笑しつつ、口を開いた。

「ともかく、よかったわ。家族は団結してきたし、お店の売り上げも上々だし――このあたりで一つ、新たなお弁当普及作戦をはじめたいんだけど、どうかしら？」

「新たなお弁当普及作戦？」

カムイが首を傾げる。

「なんだ？　それは」

ウォルフも真面目な顔で聞いてくる。

経営が順調にいっている時でも、企業はそれに安心して成長を怠っていてはいけない。いつでも先を見て、新たな戦略を立てる必要がある。

「私が新たに作りたいのは、〝駅弁〟よ。この世界には駅馬車があるんだもの。だったら駅弁も流行らせたいわ」

カレンは胸を張って、そう言った。

一方、アスランたちは不思議そうな表情を浮かべている。

「エキベン?」

カレンは彼らに、駅弁とはどういうものかを説明した。

先日、アスランに駅馬車から庇われて、ちょっと恥ずかしい思いをしたカレン。しかし、それをきっかけに駅弁を思い出したのだ。

お弁当好きのカレンは、実は大の駅弁ファンでもある。地方それぞれの特色を活かした駅弁をこよなく愛し、休日には駅弁を食べるために電車で旅行していたくらいだ。

「いろいろな場所の名物を駅弁にすれば、旅行の楽しみも増えると思うの。それに、お弁当は王都以外ではあまり知られていないから、駅弁が広がれば地方に宣伝することもできるわ。ね、いいアイディアでしょう?」

カレンに聞かれて、アスランたちは少し考え込む。

「確かに、不可能なことではないと思うが……」

難しい顔でそう言ったのは、ウォルフだ。

「旅をしながらお弁当を食べるのか。俺は、面白そうだと思うけど」

アウルは少し乗り気だ。

「ふぅむ、あんまりイメージが掴めないな」

カムイは首を傾げる。

「あの駅馬車に乗りながら、お弁当を食べるのか?」

アスランの眉間にしわが刻まれる。

「……そもそも、馬車とはなんだ?」

アダラに至っては、そこからだった。

みんなに見つめられて、カレンは考え込む。

「そうね。そういえば、私も馬車に乗ったことはないわ。まずは、みんなでお弁当を持って駅馬車に乗ってみない? 百聞は一見にしかず。それから考えればいいわよね」

カレンの提案で、次のお休みに、全員一緒に駅馬車に乗ることが決まったのだった。


「考えてみたら、みんなで旅行なんてはじめてよね?」

駅馬車に乗る日、朝からカレンはワクワクしていた。

もちろん、カレンたちも休みの日に出かけることはある。王都をブラブラしたり、カレンがこの世界に来た当初暮らしていた島に行ったりと、カレンたちの行動範囲は広い。

ただ、遠くに行く時は聖獣の能力を使って移動するため、人間の交通機関を使うことがなかった。

旅行といえば、車や電車、飛行機などの交通機関を使って移動するイメージを持つカレンである。今日、駅馬車に乗ることは、異世界に来てはじめての旅行という感覚だ。

（しかも、これって家族旅行よね！）

家族に憧れるカレンにとって、家族旅行も当然憧れの行事だった。ワクワクしないわけがない。

「あんまりはしゃぐなよ」

そんなカレンを、アスランは心配そうに見る。それから、各々（おのおの）が持つ大きな包みに目を落とした。

「駅弁……だったか？　これも、こんなにたくさん作る必要はなかったんじゃないのか？」

大きな包みの中はすべてお弁当。カレンがいろいろ作った試作品だ。

「だって、なかなか候補を絞（しぼ）れなかったから。駅弁って本当に種類が多くて、どれもとっても美味（おい）しいのよ！」

イカめしに鶏（とり）めし、釜（かま）めしもあれば、牛そぼろや鶏（とり）そぼろ、海鮮弁当と、駅弁の種類は多い。商品化するなら地域の特色を活かしたものを作るべきだが、今日は単なるお試しなので、思いつくままにお弁当を作った。その結果、包みが大きくなってしまったのだ。

「大丈夫だ。私一人でもすべて食べきれる自信がある」

そう言い切るのは、大食漢のカムイ。それはそれで、問題発言だった。

「いいから、早く行こうよ。カレンの隣に座るのは俺だからね」

アウルも浮かれているのか、今にも飛び立ってしまいそうだ。

「バカを言え。カレンの隣は俺に決まっている」

慌ててアウルに抗議するアスラン。ウォルフとアダラは、あきれたように肩をすくめた。

「フフ、楽しみよね。さあ、行きましょう！」

意気揚々とカレンたちは、駅馬車を目指した。

――そして、一時間後。

待望の駅馬車に乗ったカレンたちは、想定外のことにびっくり仰天していた。

「……くっ！　まさかっ、馬車がこんな……っ、揺れるだ、なんて！」

「カレン！　喋るな！」

座席の上で跳ね上がりそうになるカレンの体を、隣に座ったアスランが抱き寄せる。

「そうそう！　……迂闊に、喋ったりしたら、舌を噛っ……っ痛ぁ!!」

舌を噛むと注意してくれようとしたアウル自身が舌を噛み、痛みにうずくまる。

家族六人で気兼ねなく旅行をしようと、カレンたちは駅馬車一台を貸し切って出発した。そこまではよかったのだが、この世界の駅馬車は、とんでもなく揺れるのだ。

(そういえば、車輪が木製で、ゴムじゃなかったような)

カレンは乗る前に見た馬車を思い出す。

王都近郊の城下町の道路は石畳だったので、揺れも少しはましだった。しかし、城下町を出た途端、舗装されていない道路が続き、揺れはますますひどくなった。

これでは、馬車の中でお弁当を食べるなんて、夢のまた夢だ。

(ひょっとしてスプリングもないんじゃないの?)

カレンは学生時代、修学旅行で古今東西の乗り物を展示している博物館に行ったことがあった。その中には馬車も展示してあり、構造の解説が脇に書いてあったのを覚えている。見学時間がやけに長く、隅から隅までじっくり読んでしまったのだ。

(鋼で作った板バネが馬車の振動を吸収しているって、書いてあったと思うけど……この様子じゃ、こっちの世界の馬車には、板バネがついてないとしか思えないわよね)

ガタガタガタと、この世の終わりのように揺れる馬車。この世界の人々はみんな、こんな馬車に長時間揺られて旅をするのだろうか?

（とてもじゃないけど、耐えられないわ！）

早々に音を上げたカレンたちは、目的地に着く前に馬車を停めて降りてしまった。そこは野原のど真ん中で、民家も何もない場所だ。

駅馬車の御者は、本当にここでいいのかと心配しながら帰っていく。聖獣や魔獣の力で移動できるカレンたちには、いらない心配だった。

「でも、せっかく来たんですもの。帰る前に、ここでお弁当を食べましょう」

野原に敷物を敷くと、そこでお弁当を広げる。馬車に揺られたお弁当の中身は、ぐちゃぐちゃになっていた。

食べられないわけではないが、あまりの惨状にカレンは大きなため息をつく。

「駅弁は、ダメだな」

お弁当の蓋にベッタリくっついた牛そぼろを悲しそうに見ながら、カムイが言った。

カレンはグッと唇を噛む。

「…………諦めるのか？」

バラバラになったイカめしを器用に箸でつまみつつ、アダラが聞いてきた。その声はなんだか挑発的だ。

「イヤよ！」

思わず、カレンはそう答えていた。

「カレン？」

驚いたようにアスランが彼女を呼ぶ。アダラは、ニヤリと笑った。

「そう言うと思った」

満足げに言うと、アダラはパクリとイカめしを口に放り込む。よく噛んで、ゴクリと呑みこんだ。

「それで、どうするんだ？」

挑発的な口調をあらためないアダラに、アスランは顔をしかめる。怒ろうとした彼を、カレンは止めた。

「アスラン、みんな、私は駅弁を諦めたくない」

きっぱり宣言する。アダラを除いた聖獣たちは、ぐちゃぐちゃのお弁当を複雑な顔で見つめた。

「なんとかできるのか？」

心配そうなアスランの問いかけに、カレンは頷く。

「なんとかするわ！　本当は、駅馬車が揺れなくなるよう改良できればいいんだけれど……。それは今の私たちの力では難しいから、ほかの方法を探してみるわ」

もちろん、簡単なことではないだろう。それでもこのまま駅弁を諦めるのは嫌だった。わがままを言っているという自覚のあるカレンは、少しうつむく。

反対されると思ったが――

「わかった。協力しよう」

あっさりと、ウォルフはそう言った。アウルも「わかった」と言って、ケロリと笑う。

「我らにとって大切なのは、何より主の〝心〟だ。主の思いを叶えるために、我らは召喚獣になった。主が駅弁を作りたいのであれば、作ればいい。主のためならば、我らは努力を惜しまない」

カムイはそんなことを言うと、蓋についた牛そぼろをペロリと舐めた。お行儀の悪い行為だが、カレンは呆気にとられて、咎めることも忘れてしまう。

「――カレン」

仕方ないなとでも言うように笑い、アスランがカレンの手に自分の手を重ねてきた。

「お前が俺たちに遠慮をする必要はない。遠慮なんてされたら、俺たちが悲しい」

優しいアスランの声に、カレンの胸はトクトクと高鳴る。そして、彼は手をキュッと握ってきた。

「本音を言えば、俺は、駅弁は諦めてほしいと思う。とてもできそうにないからな」

おかずが散らばったお弁当を見ながら、アスランは冷静にそう分析する。

「失敗してお前が傷つく姿を見たくない。……でも、それがカレンの望みなら、俺は——俺たちは、全力でお前の望みを叶えよう」

それは、カレンがお弁当屋をやりたいと決意した時と同じ言葉だった。あの時もアスランたちは、カレンの夢を後押ししてくれたのだ。

「アスラン、みんな」

見回せば、みんな優しく頷いてくれる。アダラだけは皮肉な笑みを浮かべていたが、その目はなんだか優しく見えた。

感極まったカレンは、思わずアスランに抱きついてしまう。アスランもギュッと抱きしめ返してくれた。

しばらくそのままでいた二人に、ゴホンとカムイが咳払いをする。それも、カレンがお弁当屋をやりたいと言った時と同じ流れだ。

アスランとカレンは顔を見合わせ、クスクスと笑い出した。

カムイやウォルフ、アウルも優しく笑ってくれる。

「望みを言え。カレン」

アスランの言葉に促され、カレンは宣言した。

「私、駅弁を作るわ！　そしてこの世界に広めるの。……みんな、力を貸して！」

「承知した」

「主の望むままに」

「わかったよ」

「……やりたいようにやればいいだろう」

ウォルフ、カムイ、アウル、アダラも頷く。

「カレン、お前の望みを叶えよう」

アスランの言葉に、心の底から喜びが溢れ出した。絶対に駅弁を成功させようと決意するカレンだった。


とはいえ、ことはそれほど簡単ではなかった。

その後も何度か駅馬車に乗ったのだが、ひどい揺れはどうにもできない。お弁当を食べるどころか、ぐちゃぐちゃにならないようにするのさえ、難しいありさまだ。

（クッションを持ち込めば、少しはましになると思ったんだけれど）

まず、揺れをやわらげるものがあったら、と綿がたっぷり入ったクッションを持って再びチャレンジしてみた。しかし、馬車ごと大きく揺らされてしまえば、クッションなかった。

んか気休めだ。お尻が痛くなるのはなんとか防げたが、お弁当が崩れるのは避けられな

駅弁作りをはじめて一ヵ月。

いつものようにお弁当を城の兵士に配達した後、カレンはアスランと駅弁について話し合っていた。

「この世界の人ってすごいわよね。どうしてあの駅馬車に乗っていられるのかしら？」

「慣れだろう」

城の中庭には等間隔で木立が並んでいる。木漏れ日の中を二人並んで歩く。

「考えたんだけれど……あれだけ揺れたら、たとえお弁当を食べられたとしても、気持ちが悪くなっちゃうんじゃないかしら？」

「あの揺れに慣れているんだ。平気だろう」

アスランはけろりと言う。

そういう人もいるかもしれないが、自分は絶対ムリだ。この世界の住民にしたって、全員が全員馬車に乗り慣れているわけではない。だとすれば、カレンと同じように揺れに酔う者も大勢いるはずだった。

（やっぱり、馬車の揺れそのものを改善するしかないのよね）

歩きながら考え込むカレン。そこで——

「ああ、ここにいたのか。会えてよかった」

背後から声をかけられた。

カレンとアスランは慌てて振り向く。

「アルヴィンさま！」

振り返った先にいたのは、アルヴィン・リード。ここヌーガル王国の王弟にして、元帥でもある人物だった。

「〝アル〟と呼んでほしいと、いつも言っているのに。カレンさんは遠慮深いな」

間違いなく偉い人物なのだが、とても気さくな人柄だ。今もアルヴィンは、カレンを見てニコニコと嬉しそうに笑いながら、気安く近づいてくる。

「まあ、そこも魅力的なのだが」

そのアルヴィンの前に、アスランがスッと立ちはだかった。カレンを背中に隠すように庇い、睨みつける。

「なんの用だ？」

「相変わらず、アスラン君のシスコンぶりは揺るぎないな」

「俺とカレンは兄妹じゃないと、いつも言っているだろう！」

言い争う二人。片や王族で、片やただのお弁当屋の店員だ。アスランは獅子の聖獣王だが、正体を隠しているため、アルヴィンは彼を一般の国民だと思っているはずだ。アスランの態度は、本来なら不敬罪で投獄されても文句の言えないものだったが、二人ともそれを気にした風もない。

実は、これはいつもの光景なのだ。中庭にいる城の騎士たちも『またはじまったか』という雰囲気で、のんびりとこちらを見ている。

（まあ、アスランは俺さまだものね）

たとえ誰が相手であろうとも、かしこまるアスランなど想像もできない。

それを受け入れるアルヴィンの方こそが、変わり者と言えるだろう。

（度量が大きいっていうのかしら？　……極度のヘタレってだけかもしれないけれど）

今年三十歳の元帥閣下は、黙っていれば威厳も貫禄もある。しかし、口を開いた瞬間、それをすべてぶち壊す残念な人になり下がる、といわれる人物でもあった。

しかも発言のチャラさに行動力が伴わない、いわゆるヘタレだ。清純でおしとやかな女性に憧れるアルヴィンが、思いを告げられずに失恋ばかりしていることは、城中知らぬ者のいない事実である。

（いい人だとは思うけど）

周囲の者に身分差を感じさせず、親しみやすい振る舞いをするアルヴィンには、好感が持てる。だからと言って、カレンが彼に恋ができるかといえば、そうではなかった。

何より、カレンの心の中には、すでにアスランがいる。

（それに、多分アルヴィンさまも、私のことが本気で好きなわけじゃないわよね）

極度のヘタレの称号を持つアルヴィン。もしも彼が本気でカレンを好きならば、こんなに気安く声をかけられるはずがない。

（だからアスランも、そんなに威嚇する必要はないのに）

アスランは、アルヴィンに対し、牙をむき出さんばかりだ。

あきれる一方で、そんなアスランが嬉しいカレンだった。

「用があるならさっさと言え！」

「まったく、心の狭い男だな。それではカレンさんに愛想をつかされてしまうぞ」

「っく！　……早く用件を言え！」

アルヴィンはやれやれと肩をすくめる。

「一言、礼を言いたかったのだよ。――君たちのおかげで、城のお弁当プロジェクトは大成功だ。城の騎士たちの働きが格段によくなった。昨日、調査結果がまとまったのだが、特に夕刻の作業効率が、お弁当の支給をはじめる前と後とでは大きく違う。いや、ここまで差が出るとは、正直思わなかった。お弁当自体も美味しいと評判で、今では休日よりもお弁当を食べられる勤務日の方が楽しみだ、と言う騎士もいるくらいだ。当然、皆のモチベーションも上がっている。……ありがとう」

上機嫌に笑うアルヴィン。

カレンは、じーんと喜びを噛みしめた。

昼食を食べる習慣がなく、一日二食のこの世界。人々は一日六、七時間ほど昼休憩なしで働いていた。そこへカレンがお弁当文化を持ち込んだのだ。

はじめ、王都の外門にお弁当を配達していたら、お弁当を食べていた騎士の仕事の効率が上がったらしい。その話を聞きつけた元帥は、城の騎士にもお弁当を配る――お弁当プロジェクトを立案したのだ。カレンたちはそれに協力していた。

お弁当を食べれば、エネルギー補給と同時に休憩もとれる。作業効率が上がるのは、わかっていたことだったが、実証できたのは嬉しかった。

「そんな風に言っていただけて、すごく嬉しいです。これからも、もっとたくさんの方にお弁当のよさを知っていただけるように、がんばりますね！」

両手を握り締め、力をこめるカレン。

アルヴィンは、眩しそうに彼女を見つめた。

「私もできる限り協力しよう。何か困っていたり、私が力になれることはないか？」

そんな申し出までしてくれる。

「だったら、さっさと自分の持ち場に帰れ。俺たちにこれ以上近づくな」

しかし、アスランは敵意をなくさなかった。アルヴィンをカレンに近づけまいとして、シッシと追い払う仕草までする。

「もう、アスランったら、せっかくアルヴィンさまがご親切に言ってくださっているのに」

カレンはアスランをたしなめた。

不満いっぱいの顔で、アスランは黙り込む。

独占欲を隠さないアスランを軽く睨（にら）んでから、カレンはあらためてアルヴィンに向き合った。

これは、絶好の機会だ。

「本当にお願いしてもいいですか？」

「ああ。私にできることであれば」

アルヴィンの肯定を確認して、カレンは話しはじめた。

「実は、私、お弁当を広める次の策として〝駅弁〟を考えているんです」

そう言ってカレンは、駅弁についてアルヴィンに説明する。全国各地で駅弁を作り、駅馬車の乗客に食べてもらいたいこと。しかし、今の駅馬車では揺れがひどくて、とても駅弁を食べられないことも伝える。

「――だから、できれば、馬車の揺れを抑えるために、馬車の改造をしたいんです！」

アルヴィンは驚いたように目を見開いた。

「そんなことができるのか？」

「はい」

カレンは頷いて、説明を続ける。

まず、馬車の木の車輪の外周にゴムを取りつけること。そして板バネを作り、馬車をスプリング付きに改造することを提案する。

「フ～ム。すごいな。それは、カムイ殿の知識なのか？」

アルヴィンは、唸った。カレンが異世界人だと知らない彼は、この世界にないものはすべて聖獣によるものだと思っているようだ。

ちなみに、カレンの召喚獣の中でカムイだけが、聖獣だと一部の者にバレている。ほかの店員も聖獣で、ましてや魔獣までいると知られたら大騒ぎになるため、それは秘密にしてきた。

少し考えれば、馬車を使う必要のない聖獣が馬車の知識など持っているはずもないと気づくのだろうが――思い込みというのは恐ろしい。

その方が都合のいいカレンは、「はい」と頷(うなず)いた。

「馬車が揺れなければ、馬車の中でお弁当が食べられます。そうしたら、馬車の駅でお弁当を売ろうと思っているんです。そしてゆくゆくは、駅弁が普及して――」

よどみなく、駅弁の魅力(みりょく)を語るカレン。

そのあまりの熱意に、アルヴィンは若干(じゃっかん)引き気味になった。

「駅弁うんぬんの前に、馬車の揺れを軽減するという発明そのものが、素晴らしいと思うが」

「もちろんです。お弁当がぐちゃぐちゃになりませんからね」

「お弁当よりも――」

何かを言いたそうにしていたアルヴィンだが、カレンと目が合うと「いや、まあいい」と呟(つぶや)く。それから微笑んで、ため息をついた。

「カレンさんにはいろいろと世話になっているからな。馬車の発展のためにもいい話のようだし、できる限り協力しよう」

最終的にアルヴィンは、そう言ってくれる。

カレンは、大喜びした。

「やったわ！　アスラン」

感極まって、アスランに飛びつく。

「……そこは、私に感謝して飛びついてくれる流れじゃないのか？」

不服そうにアルヴィンが文句を言うが、それどころではない。

「嬉しい！　私、駅弁を作れるのね」

当然、アスランもカレンを上機嫌で抱きしめ返した。

「よかったな。カレン」

「ええ。私、絶対に美味(おい)しい駅弁を作るわ！」

ここに、駅弁のための駅馬車改造計画が発動したのだった。

第二章　「いじめられっ子と愛妻弁当」

アルヴィンに馬車の改良をお願いしてから、早三ヵ月。

「アルヴィンの領地のゴムの木からは、順調にラテックスが集められているぞ」

ラテックスとはゴムの木の樹液で、この樹液からゴムを作る。大地と緑の聖獣王ウォルフは、頻繁にゴムの木の様子を見に行き、報告してくれた。

「鍛冶屋も板バネを完成させたようだな」

炎の聖獣王アスランは、鍛冶屋の様子を見てきてくれる。

「馬車工房もようやくサスペンションの設計図を完成させたよ」

サスペンションとは、車輪と車体を接続し、地面から受ける衝撃を吸収する緩衝装置である。新しいものが好きなアウルは、馬車工房に行っては進行具合を教えてくれた。

馬車の揺れは、馬車工房でもなんとかしたいと試行錯誤していた問題らしい。アルヴィンの話を聞いた工房は、大喜びで改良に取り組んでくれている。

念願のスプリング付き馬車は、順調に完成に近づいていた。

発案者であるカレンは、何かと助言を請われたりして、忙しい日々を送っていた。それでもなんとかなっているのは、みんなで力を合わせているからだ。

（アダラもがんばってくれるようになったし）

ただ問題が一つ。それはアダラの接客態度だった。人間嫌いのアダラは、お店のお客さんに対して、愛想の欠片もないのだ。

（少しくらい笑っても、ばちは当たらないと思うんだけど）

そういえば、ずっと一緒にいるカレンたちでさえ、アダラの笑った顔など滅多に見ない。そんなアダラを店番に置けるはずもなく、彼には、お弁当の食材調達などの外仕事を多くお願いしていた。

今日も調味料の買い出しに行ってくれているのだが、帰りがちょっと遅い気がする。

（まぁ、小さい子供じゃないんだから、心配する必要はないわよね）

リビングで来週のメニューの原案を考えていたカレンは、グンと伸びをしながら立ち上がった。気分転換にコーヒーを淹れよう。

「カムイ！　コーヒーを淹れようと思うの。冷凍保存した焙煎豆を出してくれない？」

インスタントコーヒーもあるが、今日は豆から淹れようと、カレンは隣のキッチンにいるカムイを呼んだ。水と氷を司る彼は、冷凍保存を管理してくれている。

焙煎したコーヒー豆の最適な保存法は冷凍することだ。カレンは、ウォルフの力で手に入れてもらった生豆を、アスランに焙煎してもらい冷凍保存していた。焙煎したてより、焙煎して冷凍庫で三日ぐらい保存してからの方が、カレンは好きなのだ。

「コーヒーか、いいな」

カムイを呼んだのに、先にアスランが顔を出した。アスランは大のコーヒー好きだ。

「じゃあアスランは、豆を挽くのをお願い」

カレンの言葉に、アスランは笑って頷いた。自然に近寄り、そばに立つ。

以前はドキドキして逃げ出したくなったこの距離感が、カレンは最近、平気になった。慣れたということだろうか、むしろ近くにいないと寂しいと思ってしまう。

「もちろん私たちも一緒に飲もう。豆は多めに出した方がいいな」

カムイと一緒に、ウォルフやアウルもやってきた。

リビングは、店舗兼住宅であるこの家の真ん中にあり、店やキッチン、玄関、裏庭からも自由に出入りできるようになっている。カレンたちの私室のある二階に続く階段も、ここを通り抜けなければいけない構造だ。そのため、自然にみんなリビングに集まるようになっていた。

カレンは「そうね」と笑いながら、コーヒーカップを用意する。

「アダラも帰ってくる頃なんだけど、一緒にコーヒーを淹れてもいいかしら？」

「ああ、そうだな。夜も問題なく眠れているようだし、もうハーブティーでなくてもいいだろう」

アスランも笑ってそう言った。

しばらくして、コーヒーがカップに注がれ、リビングが香ばしい匂いに包まれた。

ちょうどそのタイミングで、バタンとドアが開く。リビングに入ってきたのは、アダラだった。買い物が終わり、帰ってきたらしい。

「あ、アダラ、おかえりなさい。ご苦労様」

カレンの声にアダラは素っ気なく頷いた。

以前であれば、アダラのそんな態度に眉間のしわを深くしていたアスランも、最近は肩をすくめるだけになっている。

（愛想のないアダラだけど、悪気もないってことに、みんな気づいてきたのよね）

アダラの無愛想は、なんというか、もう性格だ。接客態度は改善すべきだが、カレンたちに対してはこのままでもかまわないだろう。

「コーヒー、淹れてあるわよ」

「ああ」

素直に自分の席に着くと、アダラはカップに口をつけた。コクリと飲んで、ほんの少し口元をゆるめる。

（あ！　笑った）

こんな小さな笑みが、とても嬉しいカレンだった。

コクコクと飲み続けていたアダラだったが、フッと動きを止めて、顔をこちらに向ける。そのまま、カレンを見つめてきた。

「アダラ、どうかした？」

カレンがたずねると、アダラはポツリと呟く。

「……ロールサンド、美味かったそうだ」

カレンは、戸惑って目をパチパチさせる。

（ロールサンドって？　……もしかして、お使いを頼んだ時に渡した、あれ？）

今日、アダラに買い出しを頼んだ時、カレンは思いつきでロールサンドを渡していた。

特別に薄く切った一枚のパンにジャムを塗り、クルクル巻いて薄い紙でくるんだものだ。

本当はラップで巻きたいのだが、この世界にラップはないので、耐水性のある薄い紙を代用している。

急におつかいに行ってもらうことになったから、お詫びのつもりで渡したのだが――

「ロールサンド、食べたの？」

カレンは渡す時に、外で食べても美味しいと伝えた。ただ、いつも用件だけ済ませたらすぐに帰ってくるアダラが、本当に外で食べてくるとは思ってもいなかった。

「あ、でも、『美味かったそうだ』……って？」

それでは、まるで他人の感想だ。カレンが首を傾げると、アダラは答える。

「食べた子供がそう言っていた」

やはり、ロールサンドを食べたのはアダラではないらしい。

「子供!?」

ウォルフが驚きの声を上げる。

「どういうことだ？」

カムイは、眉間にしわを寄せ考え込む。

「アダラ、まさか、子供を食べたの!?」

アウルは、相当混乱しているようだ。

アダラは、ムッと顔をしかめた。

「人間なんてマズそうなものを食べるか！　ロールサンドは、子供にやったんだ。その子供が喜んでいた。また会ったら、やると約束した。……だから、もしも、またロールサンドを作るのなら、その——」

そこまで言って、急に言葉を濁すアダラ。どうやら彼は、子供にあげるロールサンドをカレンに作ってもらいたいらしい。

カレンは驚きすぎて、言葉も出なかった。

（あのアダラが、本当に子供にロールサンドをあげたの？）

そう思いながら、ジッと固まってしまう。それを拒否と受け取ったのか、アダラはフイッと顔をそむける。

「嫌ならいい」

そう言って席を立とうとした。

カレンは慌てて、アダラを引き止める。

「違う、違う、嫌じゃないわ！　作るわよ！　アダラのはじめての〝友だち〟のためなら、百個でも二百個でも、いくらでも作るわ！」

いくらなんでもそんなにいらないと、アダラは顔を引きつらせた。

「それに、友だちではない。ただの人間の子供だ」

カレンは、うんうんと頷く。

「わかったわ。わかったから、その子のこと、もう少し詳しく教えてちょうだい！」

目をキラキラと輝かせ、カレンはアダラに迫る。こんな話、絶対聞き逃せない。困惑し面食らうアダラに、諦めろと目線で伝えるアスランたちだった。

そうして、聞き出したところによれば——

買い出しの帰り道、アダラは空き地でひとりぼっちで立ちつくす十五歳くらいの少年を見かけたのだそうだ。少年の服は泥だらけで、髪はビショビショに濡れていたという。

今日は晴天、空には輝く太陽と、昼間の満月が並んでいる。

少年の姿は異様だったが、その様子を見る前から、アダラは彼がいじめられていることがわかったという。

「俺たち魔獣は、人の負の感情がわかるからな。あいつの感情は悔しさと情けなさ、悲しみと憤りに満ちていた」

少年がいじめられていたという話に、アスランたちは顔を歪める。カレンは、驚きながらも、アダラに話の続きを促した。

少年の負の感情がわかったからといって、彼に手を差し伸べようという心を、魔獣であるアダラは持ち合わせていない。一瞬足を止めただけで、すぐにその場を離れようとしたそうだ。

ただ、たまたまアダラがポケットに手を入れたら、ロールサンドの紙に指が触れたのだという。

カサッという紙の音を聞くと同時に、カレンの顔が頭に浮かんだらしい。

「なんとなく、お前ならあの子供にロールサンドをやるんじゃないかと、思った」

気がつけばアダラは引き返し、少年の前に立っていた。そしてポケットからロールサンドを出し、少年に「食べろ」と突きつけていたという。

「うっわぁ、その子供、ものすごく驚いたんじゃない？」

自身も驚きながら、アウルは聞いた。アダラは無表情のまま頷く。

「見開いた目が、こぼれ落ちそうだったな」

カレンたちは、心の中でその少年に深く同情する。

長い黒髪に黒い目、抜けるように白い肌と整った美貌を持つ、長身のアダラ。

彼は間違いなくイケメンなのだが、その美しさは人を怯えさせる類のものなのだ。美しすぎて怖いという表現は、アダラのためにある言葉だろう。

「お前のことだ、子供に笑いかけもしなかったんだろう？」

諦めたようにウォルフがたずねた。

「なんで笑う必要がある？」

アダラは大真面目に聞き返す。

カレンは心の中で、見知らぬ少年に土下座した。

怯えた少年は、しかし逃げることもできなかったのだろう、素直にアダラの差し出すロールサンドを受け取ったそうだ。ジッと見ているアダラの視線に促され、少年は紙をむき、パクリとロールサンドにかじりついた。

「食べた途端、ものすごく驚いて、同時に喜びの感情が溢れ出た」

ぶわっと広がったその感情に、アダラの方も驚いたと言う。

「なんというか、温かいような、くすぐったいような感じがした。それが俺に向かってくるのが気に入ったから、また会えたらロールサンドをやってもいいと言ったんだ」

アダラは、淡々と話す。

カレンはアスランたちと顔を見合わせた。

いじめられていた少年と、その少年にロールサンドをあげたというアダラ。

「それから?」

「それからも何も、それだけだ」

カレンの問いかけに、アダラはぶっきらぼうに返した。

「次に会う約束はしたのか?」

カムイが聞くと、アダラは無言で首を横に振る。

「ええ？　だったらどうやって、その子にロールサンドを渡すのさ？」

アウルはあきれながら言う。

「あの空き地でまた会えたら、という話だ。会えなければ、それまでだ」

どうでもいいというように、アダラは肩をすくめた。

もう一度、カレンとアスランたちは顔を見合わせる。

「私、毎日ロールサンドを作るわ！」

突如カレンは、大声で宣言した。

「ああ。アダラ、この時間帯の仕事は俺がかわってやるから、お前は毎日、その空き地へ行け」

アスランは、気前よくそう言う。

「ロールサンドだけでは飽きるのではないか？　別のものも作るか？」

ウォルフは、考えながらそう提案してくる。

「アダラに、はじめて人間の友だち――」

大声で叫ぼうとしたアウルの口を、慌ててカムイが塞いだ。胡乱な目で見てくるアダラに、カレンたちはアハハと笑う。

「友だちではないぞ」

「うん、うん。わかっているわ。あ、その子の名前は聞いた？」

「知らん」

「今度会えたら、聞いてみて」

カレンのお願いに、アダラは嫌そうに顔をしかめるのだった。

――翌日、アダラは若干抵抗しながら、空き地に行った。そして、その少年の名前がイエフィだということが、わかった。

その後もほぼ毎日、アダラはイエフィという少年と会っているようだ。毎日同じくらいの時間帯に出かけては帰ってくるアダラを、カレンたちはリビングに引っ張り込み、話を聞く。

アダラは少しずつイエフィとコミュニケーションを取っているようで、日々新しい情報を口にする。

――イエフィの親は北のヌーガル神国からの移民だ。

――年は十四歳。奨学生として学校に通っている。

――両親は忙しく、一人っ子で友だちもいないから、暗くなるまで一人で空き地にいる。

――奨学生なだけあって、学校の成績はかなりよさそうだな。そこがほかの者の気に障るようだ。

――気が弱いし優柔不断だ。あれでは強い奴に逆らえまい。

――パウンドケーキが気に入ったようだ。干しブドウが入ったのが特に美味しかったと言っていた。

――ニンジンは嫌いらしい。

それらの話を聞いた次の日、カレンはキャロットケーキを作ることにした。カレンが作るキャロットケーキは、ニンジン嫌いの子供も食べられると評判だ。これがきっかけでイエフィがニンジン嫌いを克服できるといいなという、お節介である。

……そして、同時にもう一つ、決意する。

「アダラ、一緒にキャロットケーキを作りましょう！」

カレンの言葉を聞いたアダラは、ものすごく嫌そうな顔をした。

「なんで、俺が」

「だって、アダラがその子に渡すものだろう？　自分で作るのが当たり前なんじゃないか？」

虹色の頭を傾けるのは、そばで聞いていたアウルだ。

ウォルフも「そうだな」と頷く。

「当然だろう」とアスランも言って、カムイがうんうんと腕を組み、首を縦に振った。

「イエフィくんも、アダラが作ってくれた方がきっと喜ぶわよ」

聖獣みんなの賛成を得て、カレンはアダラに迫る。

「……俺が頼んだわけじゃない」

アダラはますます不機嫌になった。元々、彼には天の邪鬼なところがある。全員にそうすべきだと言われたアダラは、思いっきり反発する。

「そもそもイエフィにだって、こんなに毎日、持っていく必要はないんだ。俺は、会えたらやってもいいと言っただけなんだからな。……そんな面倒をしてまで、誰が渡すものか！　キャロットケーキなんか、作らなくていい。俺は、もう行かないからな！」

そう言うなり、アダラは席を立つ。そのままリビングを出ると、ダンダンと足音高く階段を上っていった。そしてドアがバタン！　と閉まる音が響く。アダラの部屋は、二階に上がってすぐの場所だ。自室に入ったのだろう。

大きな音に首をすくめて、カレンはみんなと視線を交わした。

「……怒らせちゃったわね」

「案外気の短い魔獣だな」

両手を広げたアウルが、肩をすくめてみせる。

「カルシウムが足りないんじゃないのか？」

あきれたようにアスランが言った。

「いや、魔獣も聖獣と同じく、食事から栄養を摂る必要のない生き物だ。カルシウム不足だとしても、機嫌に支障はないだろう」

真面目に返すのはウォルフだ。

「主、どうするつもりだ？」

カムイが心配そうに聞いてきた。

「どうするもこうするも、予定通り、キャロットケーキを作るわよ」

カレンは、当然とばかりにそう言った。

「しかし、アダラはもうイエフィに会いに行かないと言ったぞ」

難しい顔で、アスランは考え込む。

カレンは「大丈夫よ」と笑った。

「きっとアダラは、イエフィくんにキャロットケーキを持っていってくれるわ」

確信をこめてカレンは話す。

「あのアダラが？」

「ええ」

不思議そうなアウルにも、カレンは自信たっぷりに答えた。

本当にそうだろうか？　というふうに、聖獣たちは顔を見合わせる。

そんな彼らを尻目に、カレンはキャロットケーキを作るためにキッチンに向かう。まだ心配そうながらも、アスランたちは黙って彼女を見守ったのだった。

そして、お弁当の配達がすべて終わると、カレンはキッチンのテーブルの上に小さな包みを置いた。それは、イエフィのために作った、キャロットケーキの包みだ。

それを見つけたアダラは、小さく顔を歪めた。

「これはなんだ？　イエフィのものなら、俺は行かないと言ったぞ」

カレンはニコニコと笑う。

「ええ。それは聞いたんだけど……つい、いつものクセで用意しちゃったの。大丈夫よ。ムリに〝行かなくていい〟わ。余れば、きっとカムイが喜んで食べてくれるから」

『行かなくていい』と、カレンは、はっきり言った。

それを聞いたアダラは、今度は眉をひそめる。

「カムイは、さっき弁当の残りをむしゃむしゃ食べていただろう」

「あれくらい、カムイにとっては前菜みたいなものよ。だから心配しないで、本当に〝行かなくていい〟から」

もう一度、『行かなくていい』と強調するカレン。

アダラは、ムッと口を引き結んだ。キャロットケーキの包みをむんずと掴むと、玄関に向かう。

「アダラ？」

「――カムイに食べさせるくらいなら……行ってくる」

そう言うなり、アダラは家を出ていった。

カレンはクスクスと笑い出す。

「ホントに天の邪鬼なんだから」

天の邪鬼とは、人の言葉にわざと逆らう者――まさにアダラのことだ。イエフィのところに『行ってほしい』と言っても、アダラは絶対に行かないだろう。しかし、『行かなくていい』と言えば行くだろうと、カレンは思ったのだ。

読み通りのアダラの行動に、カレンは嬉しくなる。

「――スゴイな」

キッチンの奥に隠れて二人のやりとりを見ていたアスランが、感心しながら出てきた。

「まさか、ホントに行くとは思っていなかった」

隣のリビングにいたアウルも顔を出す。ウォルフとカムイも驚き顔で現れた。

カレンは、グッと親指を立ててみせる。

「ホントは行きたいくせに、アダラったら素直じゃないのよね。イエフィくんにあげる料理だって、自分で作りたいって思っているのかもしれないわ。……アダラが帰ってきたら、今度は、料理を『作ってくれなくていい』って言ってみるわね」

さすがにそれはどうだろうと思ったのか、アスランたちの表情は疑わしそうだ。

「大丈夫。天の邪鬼向けの、対処方法があるのよ」

自信満々のカレン。

そして、なんとこの対処方法は、アスランたちがあきれるほどに上手くいったのだ。

翌日、カレンはいつものようにイエフィのための料理をはじめる。

「昨日は苦手なニンジンを使ったから、今日は好きだっていう干しブドウでレーズンバターを作って、サンドクッキーにしようかしら。ちょっとメレンゲを泡立てるのがたいへんなのだけど……あ、アダラは〝手伝ってくれなくていい〟わよ」

カレンがそう言えば、アダラは途端にムッとする。

「メレンゲくらい作れる」

彼は腕まくりをすると、ボールに卵白と砂糖を入れて泡立てはじめた。

カレンは満面の笑みで「ありがとう」と感謝の言葉を伝える。

シロップや練ったバター、仕上げにレーズンをたっぷり入れて、アダラと一緒にレーズンバターを作った。それをクッキーで挟み、カムイに冷やしてもらい、レーズンバターサンドクッキーの出来上がりだ。紙で包んでアダラに渡す。

　彼はちょっとそわそわしながらイエフィのもとへと出かけた。

　その後ろ姿を、アスランたちが信じられないと言いたげな表情で見送る。

「ホントに作るのを手伝ったな」

「きっと、とっても上機嫌で帰ってくるわ」

　カレンはニコニコと笑って予言する。実は、彼女はサンドクッキーを包んだ紙に、小さな文字で『今日のクッキーのレーズンバターは、アダラが作りました』と書いたのだった。

「イエフィくんは、とっても頭のいい子なんでしょう？　きっと紙を読んで、レーズンバターを『いつもより美味しい』って言ってくれるわ」

　用意周到なカレンに、アスランたちは驚く。

　カレンの予言通り、アダラは弾むような足取りで帰ってきた。機嫌がいいことは一目でわかり、カレンたちは微笑み合ったのだった。

　次の日もその次の日も、アダラはイエフィへの料理を手伝ってくれた。そして三日後には、カレンが作ろうとする前に、アダラが先に料理の準備をはじめるようになる。

「お前がいつもいろいろうるさく言うからな。仕方なく、だ」

いつものしかめっ面を一層しかめて、アダラは言う。しかし、彼の耳は赤く、料理の準備は万端。今の言葉が単なる言い訳だということは、誰にでもわかる。

そしてそのさらに三日後。リビングでの書類仕事に少し手間取ったカレンが、イエフィのための料理を作ろうと慌ててキッチンに行けば、すでにアダラが、料理を作り終えていた。

「お前の作るものは、甘いものが多すぎる。イエフィは男だぞ。たまには甘くない方がいい」

そう言ってアダラが作っていたのは、余った食パンを使ったラスク。チーズとナッツをのせて焼いてあり、香ばしく、とても美味しそうにできている。

「すごいわ！　アダラ」

カレンは純粋に驚き、手放しで褒めた。アダラはフイッと横を向く。

「褒めても何も出ないぞ」

素っ気なく言うが、今度は耳ばかりか首まで赤かった。その後、アダラはラスクを持って出ていく。帰ってきた時、アダラの機嫌がものすごくよかったから、きっとイエフィも大喜びしてくれたのだろう。

その日以降、イエフィへの料理は、お弁当の仕事が終わった後にアダラが自分で考えて作るようになった。それを持って、アダラは毎日いそいそと出かける。

以前なら信じられないその様子に、アスランたちは目を丸くした。

「魔獣って、案外単純だったんだな」

「いや、どちらかと言えば、カレンの手腕がスゴすぎるだろう」

「さすが、主。魔獣を手玉に取るとは――」

呆然としながら、アウル、ウォルフ、カムイの順に呟く。

「そんな。たいしたことはしていないわよ。アダラって、恥ずかしがり屋さんだけど、根は素直なイイ子だもの」

フフフと笑うカレンを、目を丸くして見るアスランたち。

あらためて、自分たちの主は最強だと確信した聖獣たちだった。


そんな日々が定着した頃――半月後のある夜。いつものお弁当会議が終わった後で、アダラがポツリと呟いた。

「……最近のイエフィは、どこか思いつめたような顔をしているな」

「え!?　何かあったのかしら？」

「知らん。――もういいか」

アダラはぶっきらぼうに返事をする。

そして、疲れた表情で自分の部屋に引っ込んでいった。

それを見送った後、カレンたちは恒例となった作戦会議をはじめる。

その名も『アダラのはじめての人間の友だちを応援しよう！　大作戦』だ。

「なんか、今日は暗かったが……順調って、言っていいのか？」

アスランは首を傾げた。

「少なくとも毎日会っている」

淡々と事実を述べるウォルフ。

「あのアダラが毎日会うって、すごいんじゃない？」

アウルは純粋に感嘆している。

「まだ、イエフィはいじめられているのだろうか……学校側に探りをいれてみるか？」

心配そうなカムイの言葉に、カレンもほかのみんなも考え込んだ。

今のところイエフィがいじめを受けているらしいというのは、アダラの予想にすぎない。イエフィ自身から、いじめを受けているという話をされたことは、ないらしい。

限りなく疑わしくはあるが、いじめの確証はないのが現状だ。

「アダラがはじめて、友好的な気持ちで人間に興味を持ったんだもの。絶対に仲良くなってほしいわ。……いじめだって、許しちゃいけないことだし――明日、アダラの後をみんなでつけてみましょう！」

こっそり様子をうかがい、いじめの証拠を掴めたら対策を取ろう、とカレンは提案する。

「アダラは怒るのではないか？」

カムイは心配そうだ。

「そうね……でも、イエフィくん、思いつめたような顔をしていたって言うし……。心配だわ。やっぱり、行ってみましょう」

カレンの言葉に、最終的にみんなも頷いた。アダラに気づかれないよう、アスランたちは聖獣の幼体の姿になって追跡することにする。

アスランは赤い仔猫の姿に、カムイはぬいぐるみみたいなシロクマ、ウォルフは仔犬、アウルはフクロウだ。

幼体の方が気配を消しやすいというし、可愛いしで、もちろんカレンに異論はない。

次の日、カレンたちはいつものように出かけたアダラを、こっそり尾行した。

スタスタと歩くアダラの後を、コソコソとつける一人と三匹と一羽。聖獣の幼体はあまり人間にも見られない方がよいので、隠れるのはたいへんだ。

苦労の末に空き地に着いて、木の陰に隠れたのだが……そこにいた一人の少年を見た途端、カレンは思わず飛び出しそうになった。

「カレン！」

赤い仔猫がカレンの前に立ちはだかる。

「待って待って、カレン！」

フクロウは、カレンの髪を咥えて引っ張った。

「落ち着け」

黒い仔犬がカレンの足に絡まる。

「出てはいけない、主」

ぬいぐるみのようなシロクマが、カレンのスカートの裾を掴んだ。

「でも、あの子、イエフィくんでしょう？　あの姿は――」

カレンが飛び出しそうになった理由は、イエフィと思われる少年の姿である。

彼は、ボロボロに傷ついていた。髪はグシャグシャ、服は破れていて、靴は片方しか履いていない。しかも左の頬が腫れて赤くなっている。誰かに殴られたことは一目瞭然だ。

「やっぱり、いじめを受けていたのよ！」

「落ち着け、カレン！　アダラがそばに行っている」

　赤い仔猫が叫ぶ。

「それに、よく見ろ。イエフィは、笑っているぞ」

　黒い仔犬の言葉に、カレンはようやく体から力を抜いた。

「え？」

「ウォルフの言う通りだよ。……少し風を動かして、アダラとイエフィの声を拾うから、静かにしてね」

　風を操れば、アウルは離れた者の声を拾うことができる。

　カレンが黙り込むと、その場にアダラの声が聞こえはじめた。

「なんだ、その姿は」

　アダラはあきれているが、少しも慌てていないようだ。

「アダラさん！　僕、やりました！」

　反対にイエフィは興奮している。少し高い少年の声が、耳に飛び込んできた。遠目に見ても、彼がニコニコ笑っているのが見て取れる。

「やったって、何をだ？」

「僕をいじめていた奴と対決したんです。……この前、アダラさん、僕に言ってくれましたよね。『お前の心は折れていない』って。だから、僕、勇気を出して、決闘を申し込んだんです！」

誇らしげに胸を張るイエフィ。自分がいじめを受けたと認めた彼だが、話に聞いていたような陰(かげ)はない。

アダラは大きなため息をついた。

「俺は、『お前の心は〝卑屈(ひくつ)だが〟折れていない』と言ったんだ」

イエフィは、自分にとって嫌な部分を端折(はしょ)ったらしい。彼はテヘへと舌を出して笑う。

「勝ったのか？」

「負けました！」

アダラの問いかけに元気よく答えたイエフィ。

彼は線の細い少年だ。しかも、ボロボロになっている。どう見ても勝ったとは思えない。

「……そうだろうな」

アダラは当然だろうと頷(うなず)く。

「でも僕、彼らが思っていたよりは強かったらしいんですよ。それで、『なかなかやるな』って認められて、彼らの武術グループに入らないかと誘われたんです。明日の放課後から、そっちの訓練に顔を出そうと思っていて……。あんまり会えなくなるので、報告に来ました」

この国の学校の武術の授業は、グループで行（おこな）われるという。戦術の中には連携が大切なものが多いため、あらかじめ固定メンバーのグループを登録する学生もいる。同じグループに登録した者たちは、授業中はもちろん放課後も一緒に訓練を行（おこな）うそうだ。

そんなグループの一員になれたのだと、イエフィは嬉しそうに報告する。

アダラは「そうか」と頷（うなず）いた。

「今までいろいろと僕なんかの話を聞いて、励ましてくれて、ありがとうございました。アダラさんのおかげで、僕、がんばれたと思います。……休日は、またここに来ますから、そしたら会えますよね？　ロールサンドとか、食べさせてもらえますか？」

「会えたなら」

懸命に話すイエフィに対し、アダラの返事はあまりに素っ気ない。

しかしイエフィは、満面の笑みで「ありがとうございます」と礼を言った。

そのまま「じゃあ」と、立ち去ろうとする。

「ああ、待て」

アダラはイエフィを引き止め、手に持っていた紙袋をポンと放る。

キレイな放物線を描いた袋は、イエフィの手の中に落ちた。

それは、アダラが今日焼いたクッキーだ。袋を開けて中身を見て、イエフィは嬉しそうに笑う。

「ありがとうございます！　じゃあ、また休日に！」

そう叫ぶと、今度こそイエフィは帰っていった。

すべてを見届けたカレンは、木の陰(かげ)で屈(かが)みこむ。

彼女の周りを、三匹と一羽が取り囲んだ。

「どうやら、いじめはなくなったようだな」

ホッとしたように呟(つぶや)くのは、真っ白なクマのぬいぐるみ姿のカムイだ。

「よかったけど……でも、アダラは毎日イエフィと会えなくなっちゃったね」

複雑な表情で、フクロウ——アウルが首をクルンと回す。

「休みの日は、会うと言っていたぞ」

生真面目なウォルフは黒い仔犬に化(ば)けても行儀よく、おすわりしていた。

「あとは、アダラ次第だろう」

赤い仔猫に扮(ふん)したアスランは、カレンの膝に前脚をかけて抱き上げろと催促(さいそく)する。

「もう、アスランったら。……でも、そうよね。とりあえずよかったのよね」

なんだかんだと言いながら、カレンはアスランを抱き上げた。そこに——

「覗き見とは、趣味が悪いな」

低い声が、上から降ってくる。

カレンが屈んだまま顔を上げると、腕を組んでカレンたちを見下ろすアダラがいた。

一人と三匹と一羽は、固まってしまう。

「あっ！　えっと、あの……その」

顔を引きつらせるカレン。アダラは間違いなく怒っている。

次の瞬間、カレンの腕から飛び下りたアスランが、パッと人型に戻った。驚くカレンを、彼は素早く縦抱きで抱え上げる。

「逃げろ！」

アスランの声でフクロウが飛び立ち、仔犬とシロクマが走り出した。

カレンを抱いたままアスランも走り出す。

「ちょっ！　ちょっと、なんで逃げるの？」

「そんなもん、この場のノリだ！」

アスランの答えにカレンはドッと脱力した。ノリで逃げないでほしい。

あっという間に遠ざかるアダラに目をやれば、彼はあきれたようにこちらを見ていた。

「ゴメン！　アダラ！」

カレンの叫びに、アダラは肩をすくめる。彼はゆっくり歩き出し、ふと、足を止めた。下を見て、足元の何かを拾う。

（……何？）

アダラは、黒いボールみたいなものを拾ったように見えた。それが何かは、わからない。

アスランが交差点を曲がり、アダラの姿が見えなくなる。

（なんだったのかしら？）

不思議と、それの正体が気になるカレンだった。

その後、カレンたちは、なんとかアダラに覗き見していたことを許してもらった。

彼ははじめムスッとしていたのだが、最終的に『お前たちもあいつのことを心配していたから、やむなしか』と言ったのだ。カレンたちの気持ちを察する言葉に、心の距離が縮まっていると感じる。そんな瞬間を、カレンはこの上なく嬉しく思ったのだった。

イエフィがいじめに打ち勝ってから、もう半月。馬車の改良も順調で、カレンは忙しくも平穏な毎日を過ごしている。

「――近頃、お店に女性のお客さんが増えたと思わない？」

いつもの団欒の時間に、カレンは最近気になりはじめたことを聞いてみた。カレンの店ではお弁当の配達だけでなく店頭販売もしているのだが、店に買いに来るお客さんに女性が増えたのだ。それも、若いお母さん世代が多い気がする。

「そうか？」

アスランはまったく興味がなさそうだ。

「あ、俺もそう思っていた。なんでだろうね？」

カレンに同意したのはアウルだ。一見マイペースだが、アウルは人をよく見ている。

「……たぶん理由は、アダラだろうな」

考え込みながら、ウォルフが言った。

「アダラ？」

全員が驚いてアダラを見る。

アダラは、少しムッとした表情を浮かべた。

「どういうことだ？」

カムイの問いかけに、ウォルフが一度唸ってから口を開いた。

「休日にアダラは空き地に行くだろう。この間、配達中に聞いたのだが、あの空き地は休日、学校に入学する前の小さな子供たちが集まる、格好の遊び場になるらしい」

この世界の子供が学校に入るのは五歳から。入学前の子供と言えば四歳以下だ。そんな小さな子供が遊ぶ場には、必ず親もいる。平日は閑散として誰もいないあの空き地は、休日だけ若いお母さまたちの情報交換の場になるのだそうだ。

そんな中に、アダラが行く。黙って立っていれば、誰もが見惚れる妖しい魅力を持つ、アダラが。

しかもアダラは、イエフィと会うようになってから、以前の冷たい印象が薄れてきていた。本人は無自覚だし、相変わらず愛想の欠片もないのだが、逃げ出したいと思わせるほどの恐ろしさはなくなっている。

「ああ、それは……母親たちに注目されるだろうな」

カムイは納得して頷いた。

アダラは、ますます顔をしかめる。

「アダラのくせに、生意気だ！」

プゥと頬を膨らませて、アウルがむくれた。今まで、店の女性客人気ナンバーワンは、アウルだった。その座が奪われるようで、面白くないのだろう。

まあまあと、カレンは彼をなだめた。

「アウルだって女の子に十分人気があるじゃない。……それに、アウルにはミアムがいるわ」

ミアムは、隣町にある食堂で働く、アウルに憧れている女性だ。以前、カレンは彼女にダイエット弁当を作ったことがあり、それ以来ミアムはこの店の常連になっている。

アウルに会えた時のミアムの笑顔は、とても輝いていて、女性のカレンから見ても微笑ましい。

可愛いミアムの様子を思い出し、カレンはフフッと笑う。

その途端、急にグイッと腕が引かれた。

「カレンの言う通りだな。――そして、俺にはカレンがいる」

そう言ったアスランが、カレンを抱きしめてくる。

「ちょっ！　ちょっと、アスラン！」

カレンはたちまち顔を熱くした。

「可愛い。……カレン、好きだ」

非常にストレートに好意を告げてくるアスラン。それは嬉しいのだが、もう少し周りを気にしてほしい。案の定――

「調子に乗るなよ。カレンは俺たちみんなの主だ」

「そうそう、独り占め反対！」

ウォルフとアウルが怒って、アスランをカレンから引き離そうとしてくる。

離されまいとますます強くカレンを抱きしめるアスランと、恥ずかしい上にいたたまれないカレン。カムイは、そんな四人を温かな目で見ながらも、お菓子をポリポリ食べている。

今日のお茶請け（ちゃう）は、ナッツを入れたカレン特製ビスコッティ。生地を二度焼きし、水分を十分飛ばしたビスコッティはかなり硬い。コーヒーに浸し、柔らかくして食べるのが一般的だが、カムイはそのままかじっている。聖獣の歯は丈夫らしい。

テーブルの上に山と積まれていたビスコッティは、あっという間になくなっていく。

あきれかえっているのか、アダラの視線は冷たい。それでも、席を立って自分の部屋に引っ込んでいかないだけ、進歩だろう。

（でもでも、みんなマイペースすぎるでしょう!?）

相変わらずのカレンたちなのだった。


そんなことがあった翌日、話題に出たミアムが、突然カレンを訪ねてきた。

「こんにちは、カレンさん」

「いらっしゃい、ミアム」

カレンが直接ミアムに会うのは、久しぶりだ。嬉しくなったカレンは、うきうきと彼女を店に招き入れた。

「あっ、でも、ごめんなさい。アウルはお弁当箱の回収に出ているの。アウルに用だった？」

タイミング悪く、アウルは不在だ。

ミアムは少し落胆した表情を見せたが、「いいえ」と、首を横に振った。

「私、今日はカレンさんにお願いがあって来たんです」

「私に？」

カレンは、ビックリして聞き返す。ミアムが自分にお願いなんて、なんだろう。

ミアムは思いつめた顔で頷（うなず）いた。

「カレンさん。私に、好きな人に差し入れするお弁当の作り方を教えてください！」

一気に言ったミアムは、そのまま深々と頭を下げた。

「好きな人……って――」

『アウルのこと？』とカレンは聞こうとする。

「内緒です！　でも、私、どうしてもその人にお弁当を差し入れたいんです！」

しかしその前に、必死な表情のミアムに遮（さえぎ）られてしまう。

（いや、内緒って……アウルが好きなんでしょう？）

ミアムが好きな人が誰かなんて、カレンにはバレバレだ。今更隠す必要があるのかと思うが、本人が内緒だというのなら、それ以上聞くわけにもいかない。

「えっと……ミアムは、相手の方が好きなものはわかる?」

不特定多数ではなく個人にあげるお弁当ならば、相手の好みのおかずを作るのは鉄則だ。

「特に好きなものはわからないんですけど、好き嫌いはないって言ってました!」

確かにアウルに好き嫌いはなかった。こだわり派で好みがうるさそうな印象のアウルだが、基本的になんでも美味(おい)しそうに食べてくれる。

「お願いします!」

ミアムはそう言って、もう一度頭を下げた。彼女の必死さがヒシヒシと伝わってくる。

以前はぽっちゃり太っていて、アウルを陰(かげ)から見つめることしかできなかったミアム。しかしカレンのダイエット弁当と、自身の努力により、今では健康的な標準体形の可愛い女性になっている。

そう言えば、以前ミアムは、自分がダイエットに成功したら友だちになってほしいとアウルに告白していた。アウルが『そんな先じゃなくて、今、友だちになろう』と答えたことで終わったのだが――

（ミアムは、アウルの〝友だち〟から、〝恋人〟になりたいのかもしれないわね）

ダイエットに成功した今、お弁当を渡して、アウルに愛の告白をするつもりなのかもしれない。

（そうね。きっと、そうだわ！）

「わかったわ、ミアム。私、あなたに協力する！」

「カレンさん！」

精一杯ミアムの恋を応援しようとカレンは決意する。喜びに目を輝かせるミアムと、がっちり握手した。

そして、次の休日にお弁当作りを指南すると、約束したのだった。


好きな人のために愛情込めて作るお弁当は、一般的に『愛妻弁当』と呼ばれる。

（妻じゃないどころか、まだ恋人でもないけれど……）

どんな立場でも、相手を思って作ることは一緒だ。そのため、名称は『愛妻弁当』で通すことにする。

「愛妻弁当の定番は、ハートマークよ。白いご飯に海苔（のり）で作って貼ってもいいし、鶏（とり）そぼろの中に卵そぼろで作るのもいいわ。オムライスの上にケチャップでハートを描くのもいいわよね」

カレンの説明に、ミアムは目をキラキラさせながら聞き入る。

「あとは、男の人の好きそうなボリュームたっぷりのおかずと、栄養バランスを考えた体にいい野菜のおかずを入れて、可愛らしくまとめるの」

この世界では、一週間である十日のうち、七日続けて働き三日休むという習慣がある。今日は休日の一日目。カレンは朝から訪ねてきたミアムと二人きりで、キッチンにこもっている。ミアムに『愛妻弁当』のノウハウを教えるためだ。

『男子禁制』と貼り紙をされ、キッチンから追い出されたアスランたちは不満そうだった。しかし、カレンに命令されてしまえば、従(したが)う以外ない。

「危険なことはしないいんだな?」

「ミアムと一緒に料理をするだけよ。危険なんてあるはずがないでしょう?」

心配性なアスランを、カレンはなだめる。実はカレンは、アスランの分の『愛妻弁当』も作るつもりでいた。サプライズで渡したいから、完成するまで見られるわけにはいかない。

(でも、特別に作るんじゃなくって、お手本で作ったお弁当を渡すだけよ。……別に、どうしてもアスランに『愛妻弁当』を作ってあげたいとか、そういうわけじゃないわ)

　自分で自分に言い訳するカレン。おかずはいっぱい作って、あとでみんなで食べるつもりだ。お手本として詰めたお弁当をアスランに渡すことは、そんなに不自然ではないだろう。

（だって、アスラン以外にあげたりしたら、きっと怒るし……。それに、ものすごく喜んでくれるわ）

　アスランが喜んでくれれば、カレンだってとても嬉しい。

「カレンさん、卵はだし巻き卵ですか？」

　嬉しそうに笑うアスランを思い浮かべてニヘラとしていたカレンは、ミアムの声でハッと我に返った。

「え、ええ。だし汁には片栗粉を加えてね。そうするとだし汁が流れ出ないで美味しく仕上がるの。少しずつ焼くから手間はかかるけど、卵にしっかり火が入るし、ふわふわになるのよ」

　こした卵液を少しずつ焼いて巻きながら作るだし巻き卵は、男性にも大人気のお弁当のおかずだ。甘い卵焼きもいいけれど、今日はうす口醤油で仕上げる予定である。

　その代わり、メインのおかずは鶏肉の照り焼きにした。甘辛のたれで焼く照り焼きは、ご飯がもりもり進む。

「あとは、ミニトマトの粒マスタード炒めと、青菜のおひたしを入れてね」

粒マスタードは、以前カレンたちが醤油や味噌を売ってもらえなかった時に、重宝した調味料だ。今はそんなことはないが、粒マスタードの使い勝手は抜群なので、カレンは変わらず使っている。

女性二人でおしゃべりしながらのお弁当作りは、楽しいものだ。あっという間に時間は過ぎる。

およそ一時間で、鶏の照り焼きをメインに、だし巻き卵の黄色とミニトマトの赤、青菜の青をバランスよく配置したカラフルな『愛妻弁当』が出来上がった。ご飯は俵おにぎりにして、ハート形に切った海苔を貼りつける。

「できたわ！」

「できた！」

カレンとミアムは手を取りあって、その場でピョンピョンととび跳ねた。我ながら満足な出来である。

「スゴイです！　カレンさん。やっぱり、カレンさんにお願いしてよかった。私、こんなにステキなお弁当ができるとは思いませんでした！」

感激するミアム。手放しで褒められたカレンは、照れてしまう。

「ありがとう。でも、これはあくまで練習よ。本番はミアム一人で作るんだから、がんばって。ちょっとくらい失敗したって、大丈夫。大好きって気持ちをこめれば、もらった人はきっと喜んでくれるわ」

照れ隠しもあって、カレンは、ミアムにちょっと厳しめなことを口にする。しかしミアムは、カレンの「大好き」という言葉を聞くなり、うっとりと両手を組み合わせた。

「大好き……そうですね。私、ルーカスさんを大好きな気持ちだけは、誰にも負けません」

その言葉を聞いたカレンは、びっくりしてポカンと口を開けた。

「え？　……ルーカス？」

ルーカスは王都の西の外門を守る警備兵だ。大柄で強面（こわもて）なのだが、実はお人好し。世話焼きで優しい、イイ人である。カレンのお弁当を毎日注文してくれる、大のお得意さんでもあった。

「ルーカスって、あのルーカス？　西の外門を守る、警備兵の？」

「あっ！　言っちゃった！」

ミアムは恥ずかしそうに頬を染めた。その姿は、まさに恋する乙女そのもの。

しかし、彼女はアウルが好きなのだと思っていたカレンは、にわかには信じられない。

「ミアムは、ルーカスにお弁当を差し入れするの？」

そう確かめれば、ミアムは赤い顔のままこっくりと頷いた。

「なんで⁉　ミアムはアウルが好きだったんじゃないの？　私、お弁当はアウルに渡すんだとばかり思ってた！」

びっくりしたカレンの問いかけに、ミアムは「えぇっ！」と叫ぶ。そして、勢いよくブンブンと首を横に振った。

「アウルさんにお弁当を渡すなんて、そんな大それたことできません！　アウルさんは私の憧れの人で……恋愛とは、少し違うんです！」

どうやらアウルに寄せるミアムの思いは、強い憧れ。恋愛対象に抱く『好き』とは違うようだった。

（アイドルに憧れるファンみたいな感じなのかしら？）

「でも、なんでルーカス？　ミアムはルーカスと知り合いだったの？　知らなかったわ……」

カレンがそう聞けば、ミアムはおずおずと自分とルーカスのなれそめを教えてくれる。

「私、ルーカスさんに助けてもらったことがあるんです」

ミアムは食堂で働いている。朝と晩に営業している食堂の客は、家庭を持たない独身男性が多い。以前、そんな客の一人から、ミアムは言い寄られていた。

その男性客は、ダイエットをはじめたばかりでまだ太っていたミアムをからかい、セクハラまがいの発言を繰り返していたという。

「私、てっきり嫌われているんだとばかり思っていたんですけれど……」

どうもその客は、好きな子をいじめて興味を引きたいタイプの人だったらしい。もちろん、そんな客のアピールが、ミアムに通じるはずもない。彼女は適当にあしらっていた。

しかしある日、酒に酔ったその客が、仕事帰りの彼女を襲ったのだ。

「私、すごく怖くって――」

抵抗できずに攫（さら）われそうになったミアムを助けてくれたのが、たまたま通りかかったルーカスだった。彼はあっという間に客を倒し、ヒーローのようにミアムを救い出してくれたらしい。

しかも彼は、持ち前の世話焼き癖（ぐせ）を発揮し、ミアムを家まで送り届けてくれたのだそうだ。それだけでなく、その後もミアムの帰り時間に合わせて、護衛をしてくれたのだという。

「ルーカスさんが非番の日は、昼間も様子を見に来てくれました。彼は本当に優しい人です」

心酔（しんすい）しきった表情でそう語る、ミアム。

（それって、ルーカスもミアムを気に入ったってことじゃないの？）

カレンはなんとなく二人の甘々な雰囲気を感じる。

ミアムは、ルーカスに感謝と共に自分の気持ちを伝えたいと、お弁当を差し入れることを計画したのだそうだ。

「今日から三日間休日ですけれど、ルーカスさん、明後日（あさって）は当番でお仕事なんです。休日勤務の日は、カレンさんのお店のお弁当がないのがつらいって、以前言っていました。だから私、明日もう一日練習して、明後日（あさって）、お弁当を差し入れようと思うんです。それで、その……カレンさん、一緒に届けに行ってくれませんか？」

おそるおそるカレンに頼むミアム。

まだ少し呆然としていたカレンだが、ハッとして頷（うなず）いた。どうせ乗りかかった船である。ミアムとルーカスの恋の行方（ゆくえ）も気になった。

「ありがとうございます！　カレンさん」

ミアムは大喜びでカレンに抱きついてくる。

「私、がんばって、愛妻弁当を作りますね！」

余程嬉しかったのだろう。ミアムは、飛ぶようにして帰っていった。

あんなにはしゃいで大丈夫か心配になるが、まあ、お弁当を作るだけなのだから問題ないだろう。

　一方、カレンにとっては大きな問題が残っていた。自分で作った愛妻弁当を、どうやってさりげなくアスランに渡すか、だ。

「大丈夫。試作品なんだから、アスランに食べてもらうのは、そんなに緊張することじゃないわ」

　自分で自分に言い聞かせていたら――

「カレン、ミアムはどうしたんだ？　すごい勢いで走っていったぞ」

　当のアスランが、キッチンに入ってきた。

「きゃっ！　アスラン、男子禁制って言ったでしょう！」

「え？　あ、ああ。でも、ミアムも帰ったし、もういいんじゃないのか？」

　確かにそうである。ただ、カレンの覚悟がまだ決まっていないだけだった。

（えぇいっ！　女は度胸！）

　そう意気込んだカレンだが――男は度胸、女は愛嬌の間違いである。それでも、カレンは勇気を振り絞り、愛妻弁当をアスランに差し出した。

「アスラン、これ」

　アスランはびっくりして目を丸くする。おにぎりについているハートマークに釘付け

になった。

「……これ、……俺に？」

「うん。アスランに食べてほしくて。……あ、でもこれ、ミアムに教えるついでに作ったものなの。そ、そんな特別な意味とかは、ないのよ」

しどろもどろにカレンは言い訳をはじめる。

アスランは――とろけるような甘い笑みを浮かべた。

「嬉しい……嬉しい、カレン」

「うっ……あ、もうっ！　……アスランったら、その顔は、反則よ！　ただでさえ、イケメンなんだからっ！」

顔を熱くして、カレンはプリプリ怒り出す。もちろん、ただの八つ当たりだ。

けれどどんなにカレンが怒っても、アスランは上機嫌なままだ。カレンが作った愛妻弁当の効果は、抜群のようだった。

その後、アスランがお弁当をぺろりとたいらげたのは、言うまでもない。ドキドキしたが、お弁当の効果を確認できて、安心したカレンである。

ところが、順調と思われたその翌日、ミアムが泣きそうな顔でカレンのもとへやってきた。

「ミアム、どうしたの?」

「……カレンさん。私、もうダメです」

肩をガックリ落とし、ミアムは話し出す。なんでも、だし巻き卵が上手くできないのだそうだ。

「何度作っても、べちゃっとしちゃって……。全然ふわふわしないいんです」

これではルーカスに食べてもらえないと、ミアムはついに泣き出してしまう。

カレンはなんとか彼女をなだめて、キッチンに移動した。そして、実際にミアム一人でだし巻き卵を作らせてみる。

必死な表情で、ミアムは溶き卵を一生懸命かきまぜた。卵とだしの割合は、三対二をきっちり量ってまぜ合わせる。卵液を少しずつ流し入れ、丁寧に焼いたのだが——出来上がっただし巻き卵は、べちゃっと潰れた悲しい形になった。

ミアムの目尻に涙が浮かぶ。

「ダメです。これじゃ、ルーカスさんに食べてもらえない!」

ワッと泣き出すミアム。カレンは、慌ててなぐさめた。

「大丈夫、心配しないで、原因はわかったから。……ミアム、あなたは、卵をかきまぜすぎよ。あと、だしの量が多すぎるわ!」

カレンはきっぱりそう言った。

卵はかきまぜすぎると固まる力が弱くなる。白身を切る程度で、サッとまぜるのがコツだ。

卵とだしの割合も、だしが多いと液がゆるくなり、作りづらい。カレンみたいに毎日お弁当を作る料理のプロならいざ知らず、素人ならだしは少なくすべきなのだ。もちろん、昨日ミアムに教えただし巻き卵は、卵とだしが四対一の割合である。その隣で作っていたカレンが三対二の割合だったのを、見ていたのだろうが――

「ミアムが自分で焼く時は、卵とだしの割合は四対一にしてって言ったでしょう？」

そのポイントはきちんと注意していたカレンだった。

「でもでも、カレンさんのだし巻き卵は、この割合でとても美味しかったから――」

食堂に勤めているとはいっても、ミアムは接客担当。厨房で皿を洗ったり後片付けをしたりすることはあっても、料理をすることはない。そんなミアムとカレンを一緒にしてはダメだろう。

再び注意すると、ミアムは小さくなってうつむいた。

その後、カレンはアドバイスしながら、ミアムに一人でだし巻き卵を作らせる。何度か失敗したものの、キレイなだし巻き卵を作れるようになった。

カレンは、この調子ではほかのおかずも不安だと、ミアムに一通り作らせてみる。

「ミアム、鶏肉(とりにく)は皮から焼くのよ」

「ミニトマトは洗って、ヘタを取って！」

――結果、カレンは注意を連発することになった。昨日は一緒に作るだけでなく、最後までミアムが一人でできるか確認しなければならなかったのだと、反省する。

そして、教えるだけでなく、作り方や料理のポイントを紙に書きとらせていく。ミアムがなんとか一人で全部できるようになったのは、月が輝きを増しはじめる時間になってからだった。

「いけない、もうこんな時間。ミアムを一人で帰すのは危ないわ」

彼女を送っていかなければいけない。

しかしカレンがミアムを送ることには、アスランが反対した。

「カレンは、昨日も今日も全然休んでいないだろう。この上、隣町まで行って帰ってくるのは、たいへんだ。明日もミアムに付き合うっていうし……アウル、お前が送っていけ」

俺さまアスランは、高飛車(たかびしゃ)に命令する。

カレンはそれほど疲れてはいないのだが、考えてみればミアムも、カレンよりアウルに送ってもらった方が嬉しいかもしれない。

「俺は、かまわないよ。久しぶりにミアムと歩くのもいいね」

アウルも二つ返事で引き受けてくれる。ミアムは頬を赤くした。

「カレンさん。今日もすみませんでした。でも、明日もう一日、お願いします！」

明日はルーカスにお弁当を渡す本番だ。一人で行くのは心細いのだろう、ミアムは深々とカレンに頭を下げる。

カレンは笑って頷いた。

「これくらい大丈夫よ、ミアム。明日はがんばりましょう。そのためにも、今日は早く帰って休まなきゃ。私も早めに休むことにするわ」

ミアムは明日、早起きして、愛妻弁当を作る。それを手伝うわけにはいかないが、カレンも早起きして様子を見に行こうと思っていた。

だからカレンは、本当に早く休むつもりでいたのだが――

ミアムとアウルを見送って一時間後。アウルの帰りが遅いなと心配するカレンのもとに、とんでもない知らせが舞い込んできた。

アウルの様子を見に行ったウォルフが、血相を変えて駆けこんできて叫ぶ。

「カレン、たいへんだ！　アウルが騎士に捕まった」

「えぇっ！　どうして!?」

「どうやらミアムを送った帰り道で、ケンカをしたらしい。相手はルーカスだ！」

「ルーカスと⁉」

いったいぜんたい、どうしてそんなことになったのか？　カレンは呆然とする。

「二人とも、城の番所に連れていかれた。急いで行ってくれ！」

急かされて、カレンは慌てて飛び出した。アダラに留守番を頼み、聖獣三人と一緒に王城へ向かう。

夜の王都は暗かった。

この世界の照明は、ろうそくやランプが中心。そのため、街灯がついていても薄暗く、しかもその数は多くない。家々の灯りもほのかで、王都の道を照らすのは月明かりがほとんどだ。人通りも王都とは思えないほど少なかった。

このため、街のあちこちにわだかまる暗闇は、人を呑みこむ底なしの穴に見える。

聖獣であるアスランたちにとっては、この程度の暗さはなんということもないが、人間のカレンが走るのは難しかった。

特にカレンは夕暮れの中、真っ暗な穴に落ちて異世界トリップをした経験がある。カレンの足は、恐怖でどうしても遅くなってしまう。

そんなカレンを見かねたのだろう——走り出して早々に、アスランが彼女を抱き上げた。

「きゃっ！　アスラン！」

「この方が速い」

確かにその通りだ。闇の恐怖から救ってもらい、カレンは内心ホッとする。無意識のうちに、アスランの首へ自分の手を回した。

少し目を見開いたアスランは、次には喉(のど)の奥で、ククッと含み笑いをする。

「……アウルの厄介(やっかい)ごとも、たまには役に立つな」

「もうっ！　アスランったら。そんな場合!?」

顔を熱くして怒るカレン。そんな彼女を軽々と抱きながら、アスランは危なげない足取りで夜闇を駆けていった。

そして、辿り着いた城の番所の中で、カレンは頭が痛くなるような光景を目にする。

「あれ？　カレン、どうしたの？」

窓のない石造りの堅牢(けんろう)な建物。そこで、明るい——というよりはチャラい雰囲気の虹色の髪の青年が、ニコニコと笑って立っていた。彼は太いロープを手に持っており、ロープの先にはぐるぐる巻きに縛られたルーカスがいる。

建物の奥は牢屋(ろうや)になっていて、その中には何故か騎士が三人倒れていた。

「……遅かったか」

頭を抱えたウォルフが、低い声で呻く。彼がカレンを急かしたのは、アウルの身を心配してのことではない。アウルが暴走するのではないかと心配したからだった。

「カレンちゃん！」

縛られたルーカスは、助かったとばかりに声を上げる。見れば彼の頬は赤く腫れていた。おそらくケンカ相手のアウルに殴られたのだろう。

対するアウルは、かすり傷一つついていなかった。

「ルーカスさん！　大丈夫ですか⁉」

カレンは慌てて、アスランに下ろしてほしいと頼む。しかしアスランは、彼女を下ろしたものの、手を離そうとはしなかった。

「アスラン！」

「大丈夫だ。ルーカスはカムイが見てくれる」

アスランの言う通り、カムイがルーカスのそばに行って、ぐるぐる巻きのロープを解きはじめていた。ウォルフは牢の中に入り、三人の騎士の様子を確認している。

「大丈夫だ。死んでいない」

それは、本当に大丈夫と言っていいのだろうか？　カレンは大きなため息をつく。

縄を解かれたルーカスは、痛そうにしながらも、ギクシャクと立ち上がった。

アスランが庇うようにカレンの前に出る。それを止めて、カレンはアウルとルーカスに近づいた。

「いったい、どうしてこんなことになっているの？」

カレンの問いかけに、ルーカスはきまり悪そうに視線を逸らす。

反対にアウルは積極的に話し出した。

「ホント。俺も知りたいよ。……俺が、ミアムを送った帰り道、急にルーカスが現れてさ。俺に『ミアムを愛しているのか？』なんて、聞くんだよね」

わけがわからないと、アウルは両手を広げて肩をすくめてみせる。

なんとなく察しがついて、カレンは頭を抱えた。

やはり、ルーカスもミアムのことが好きなのだろう。

「ルーカスさん。ミアムの家の近くにいたんですか？」

酔っ払い客からミアムを助けてから、ミアムを家まで送っていたというルーカス。非番の日も、様子を見に来てくれていたという彼だ。今日もミアムの家に行ってみたのではないだろうか？

ミアムはカレンの店にいて留守だったが、ルーカスは彼女の帰りを待っていたのかもしれない。なかなか帰ってこない彼女を心配していたら、そこにアウルがミアムを送ってきた、という経緯かな、とカレンは当たりをつける。

「べ、別に、見張っていたわけじゃない！　……ただ、彼女は以前、攫われそうになったことがあるから……だから、心配で！　決して、よこしまな気持ちが、あったわけではない！」

しどろもどろな言い訳をはじめるルーカス。彼の顔は、腫れのせいだけでなく赤い。

あちゃ～と、心の中でカレンは呻いた。

憧れのアウルに送ってもらって、きっとミアムは舞い上がっていただろう。ルーカスは彼女を心配して待っていたのに、当の彼女は自分以外の男に送られて、嬉しそうに帰ってきたのだ。ルーカスの心情は、察するに余りある。

それでも、ミアムの前で飛び出していかなかっただけ、ルーカスはまだ我慢したのかもしれない。そして無事送り届けた後のアウルに、気持ちを確かめようとしたのだろう。

しかし――

「アウル、お前はなんて答えたんだ」

ウォルフがため息をつきながら、アウルに確認する。彼もカレンと同じように推理して、この事件の原因に思い至ったらしい。

「そんなもん、『俺の好きなのはカレンだけだ』って答えたに決まっているだろう」

胸を張って、アウルは答える。彼のカレンを見る目は期待に輝いていて、彼女に『嬉しい』と言ってもらいたがっていることは、間違いない。

――そう、アウルは、こういう性格だった。おおらかでマイペース。自分の好き嫌いを何より優先するアウルが、ルーカスの複雑な心情を慮るなんてことを、できるわけがない。

俺さまアスランも、嘆息して額に手をやった。

カムイは首を横に振りながら肩を落とす。

ルーカスは、ギラギラと殺気のこもった視線でアウルを睨んだ。

アウルは、カレンから思ったような反応が返ってこなくて、がっかりしたようだ。八つ当たりみたいに、ルーカスを睨み返した。

「そしたら、ルーカスったら、俺に殴りかかってきたんだよ。モチロン、俺が殴られるはずはないけれど……いくら避けてもやめようとしなくてさ。面倒になって一発殴り返したら、ちょうどそこに、その騎士さんたちが来たんだ。ちょっと来いって言うから、ついてきてやったんだよ。それなのに、なんだか最初から俺のことを悪者扱いして。ルーカスはだんまりだし、あんまり腹が立ったから、騎士さんたちは気絶させて牢に放り込んだのさ。ついでに暴れ出しそうなルーカスも、縛っておいた」

まったく理不尽だと、アウルはプリプリ怒る。

騎士であり外門の警備兵でもあるルーカスと、一見チャラ男で彼を殴ったアウル。騎士たちがどちらを悪いと思うかなんて、決まっていた。

きっと騎士たちは、アウルがルーカスにケンカを吹っ掛けたと思い込んでいたに違いない。反省の色も見せない派手な服装の青年を、少し懲らしめてやろうとしたのだろう。

ただ、彼らにとって誤算だったのは、アウルは自分たちが何人束になってかかっても敵わないくらい強かったということだ。

その結果が、この惨状である。

カレンは、大きくため息をついた。ともかく、誤解を解かなくては、とルーカスに向き合う。

「ルーカスさん。ミアムが好きなのは、アウルじゃありませんよ」

ルーカスは、これでもかというほど目を大きく見開いた。

「……嘘だ」

そう呟き、信じられない、と首を横に振る。

「本当です。……いえ、アウルを好きなことは好きなんですけれど、それは恋愛感情の好きではないんです。ミアムにとってアウルは憧れの人で、見ているだけで十分。付き合いたいとか、ましてや結婚したいとかいう対象ではないんです」

「付き合う？　結婚？　……冗談だろう。ミアムからそんなこと言われたことはないよ」

アウルがびっくりして目を丸くする。

ルーカスは、疑り深そうにアウルを見た。カレンは、声を大きくする。

「ミアムが好きな人は、別にいます！」

ルーカスは、ガァ〜ン！　とショックを受けて、固まった。

「別にって……まさか、それって——」

呆然としたように、アスランからウォルフ、カムイに視線を移すルーカス。

「違います！　彼らじゃありません！」

カレンは慌てて叫んだ。アスランたちも揃って首を横に振る。

「私の口から教えることはできませんが、明日にはきっとわかるはずです。だから、ルーカスさん、明日を待ってくれませんか？」

カレンは真摯に頼み込む。

ルーカスは、大きく息を吐き出した。そしてがっくりと肩を落とす。

「いや。そもそも俺が悪かったんだ。頭にカァ〜ッと血が上って。俺が何かを言える権利なんてないのに……すまなかった」

ルーカスは深々と頭を下げた。大きな男のはずなのに、小さく見える。

「ルーカスさん」

「わかればいいんだよ」

いつの間に移動したのか、アウルはカレンの隣で偉そうに言った。とことんマイペースな鵬(おおとり)である。アウルはたちまちアスランやウォルフから押さえ込まれる。

「ともかく、明日です。ルーカスさん、明日また会いましょう！」

「ハハハ、カレンちゃん、明日はまだ休日だよ。俺は仕事だけどね」

元気なく笑うルーカス。気絶した三人の騎士の面倒も、ほかの後始末もルーカスがまとめて見てくれるというので、カレンはありがたく任(まか)せることにする。

「これくらい当然だよ。今日はホントにすまなかった。……カレンちゃん、慰(なぐさ)めてくれてありがとう」

落ち着きさえすれば、そこにいるのは、いつもの穏やかなルーカスである。

店への帰り道、カレンは夜空に輝く月に誓ったのだった。

「明日は絶対、ミアムの愛妻弁当を成功させるわよ！」

──そして、結果から言えば、ミアムの告白は大成功。

翌日、カレンとミアムはルーカスが勤務する西門に向かった。心配したアスランも一緒だ。

痛々しくシップが貼られたルーカスの頬にミアムは驚いたが、勇気を出して『愛妻弁当』を彼に渡した。ルーカスが感動しながら受け取ったことは、言うまでもない。

お弁当の蓋を開けてハートマークを見た時など、ルーカスはブルブル震えてお弁当を落としそうになったくらいだ。

「そこで弁当を落としたら、お前の明日は永遠に来ないぞ」

アスランに脅されて、なんとか耐えたルーカス。彼は本当に美味しそうにミアムのお弁当を食べた。

「このだし巻き卵、最高に美味い」

少し形が崩れただし巻き卵だが、ルーカスは大喜びで食べてくれた。やはり愛情以上の調味料はないのだ。

甘い雰囲気で見つめ合うルーカスとミアムをそれ以上見ていられず、カレンとアスランは早々にその場を立ち去った。

「上手くいくわよね？」

「あれで上手くいかなかったら、ルーカスは相当のヘタレだな」

心配するカレンに、アスランはそんな必要ないと言う。

「そうよね」

頷きながら、なんとなくカレンはアスランに寄り添った。ミアムとルーカスに当てられたのかもしれない。二人並んで我が家への道を辿ったのだった。

その後、ミアムがルーカスに『愛妻弁当』を差し入れ、見事両思いになった話は、何故か街中に広まった。おかげで愛の告白に効果抜群として、『愛妻弁当』を作る女性が増えたという。

第三章　「作りおきと駅弁馬車と謎の美女」

「最近、城以外への配達弁当の注文が少し減ってきているな」

ミアムの告白から一ヵ月半後のある日。お弁当の売り上げデータをまとめていたウォルフが、眉をひそめて呟いた。

「ああ。愛妻弁当が流行って以降、家から手作り弁当を持っていく者が増えているようだ。お弁当箱も、あちこちの雑貨屋で売られるようになったからな。それに、毎日お弁当を買う経済的余裕がある者ばかりではないのだろう」

城の騎士には国費でお弁当が支給されているが、ほかのお客さんは私費で食べている。ルーカスのような外門の警備兵は自分で購入しなければならず不公平だとぼやいているが、今のところ待遇が変わる予定はない。

相変わらずポリポリとお菓子をつまみながら、カムイはそう説明した。

ちなみに、今日のおやつはグラノーラである。穀物とオイル、甘味料をまぜて焼き、好みのナッツやドライフルーツを加えて作ったものだ。栄養満点で、立派な食事にもなる。

「それって、うちのお店にとって大打撃なんじゃないの？」

アウルの言葉に、カレンは「大丈夫よ」と答えた。

「注文は減っても、経営を圧迫するほどではないと思うの。それに、お弁当が一般的になって誰でもお昼ごはんを食べるようになる方が、将来的にプラスになるわ」

「アルヴィンは、城に配達する弁当をもう少し増やせないかと言ってきている。もしほかのところの注文が減っているのなら、城の分を増やすか？」

王弟で元帥のアルヴィンは、お弁当を食べるメリットをかなり認めてくれたらしい。

アスランの提案に、カレンは考え込んだ。

「一度増やすと減らせなくなるから、あんまり迂闊に受けられないわよね。家庭で作れるお弁当がどんなもので、一時的な流行じゃなく習慣になるのか、確認してからの方がいいと思うわ」

話し合いの末に、翌日カレンとアスランがお弁当の配達がてら、ルーカスのいる西門に様子を見に行くことになった。

「新しいメニューの参考にもなるし、騎士さんたちが家からどんなお弁当を持ってきているのか、楽しみだわ。その後のルーカスとミアムの進展具合も気になるし」

いつでも前向きなカレンを、微笑ましく見守る仲間たちである。

翌日、カレンたちが西門に着くと、ルーカスが出迎えてくれた。彼とミアムの仲は順調らしく、これでもかとのろけ話を聞かされる。

そのあと、差し入れのドーナッツを渡しながら、家庭から持ってきている人たちの手作り弁当を見せてもらい——二人は少し固まった。

「美味そうなおかずだが……なんていうか、全般的に茶色いな」

「家庭で作ったおかずは、茶色いものが多くなりがちよね。あと……品数が少ないのが気になるわ」

中には栄養バランスも彩りもばっちりなお弁当もあるのだが、それはほんの一握り。ほとんどのお弁当のおかずは、一品か二品。それも煮つけか漬物が多く、少々寂しいお弁当だった。

「まあ、どこの家も共働きで、朝は忙しいからな」

うーんと唸って、ルーカスが呟く。

いくら騎士といっても、外門に勤める警備兵はいわゆる下級騎士。身分は平民だし、給料もそれほど高くない。だから、手作り弁当で節約している騎士が多いのだろう。しかも、そんな家庭の主婦が専業主婦のはずがなかった。

「結婚している奴らの奥さんの多くは、近くの紡績工場に勤めている」

それならば、忙しい朝にお弁当を作るのはたいへんだろう。

（この世界には、冷凍食品も電子レンジもないもの）

お弁当の品数が少ないのも、無理のないことだった。

「でも、ちょっと工夫すれば、お弁当作りってそんなにたいへんなことじゃないんだけれど」

ポツリとカレンが呟く。

その言葉に、ご飯の上に焼き魚を置いただけのお弁当を持ってきていた騎士が飛びついた。

「それは、本当か!?」

彼は勢いよくカレンに迫ろうとして、アスランに突き飛ばされる。

「カレンに触るな！」

その様子に、ルーカスがあきれた。

「相変わらずのシスコンぶりだな」

「俺とカレンは兄妹じゃない！」

いつも通りのアスランとルーカスのやりとりだ。

「アスラン、やりすぎよ！　ごめんなさい、大丈夫ですか？」

カレンが慌てて騎士に近づくと、彼はふらつきながらも、「大丈夫」と言う。

「俺のほうこそ悪かった。それで……お弁当作りはそんなにたいへんじゃないって、本当なのか？」

アスランに突き飛ばされた騎士は、縋るようにカレンを見る。

「はい。本当ですよ。毎日お弁当を美味しく楽しく作り続けるには、ちょっとしたコツがいるんです。……よろしかったら、伝授しましょうか？」

カレンの提案に、手作りお弁当を持ってきていた騎士のほとんどが、「頼む」と頭を下げた。

そういうわけで、急遽、カレンは『ラクラクお弁当作り講習会』を開催することにしたのだった。


そして次の休日。カレンの講習会は、参加希望者多数により、お城の厨房を借りて行うことになった。

「いいんですか？」

会場に到着し、カレンはあらためてルーカスに問いかける。

彼は胸を張って頷いた。

「ここは城と言っても城壁の一部で、兵のための厨房だからな。マルティン団長が快く許可してくれた」

マルティンとは、ルーカスの上司で王都の騎士団長だ。彼の許可があるのなら、心配はないだろう。

講習会に集まったのは、騎士団員の奥さまたちと一部男性陣の三十人ほど。講習会の開始時間になると適当にグループに分ける。

ルーカスもミアムと一緒に参加していた。甘い空気を周囲に振りまいて、独身男性たちから妬ましそうな視線を向けられている。

カレンはコホンと咳払いをして、視線を自分に集めた。自己紹介をしてから本題に入る。

「――お弁当は、毎朝特別に作ろうとしたら、たいへんだと思います。でも、朝に作業することを減らせばいいんです。やれることは前日に済ませ、朝することは最小限。できれば、朝はお弁当箱に詰めるだけにするくらいのつもりでいれば、負担はぐんと減るはずです！」

カレンの説明に、みんな驚いて目を瞠った。

「お弁当も、普段の食事と同じように、彩りや栄養バランスが大切です。おかずは数種類入れると満足感がありますよ。今日は手軽にお弁当の完成度を上げるコツを、お伝えしたいと思います」

　カレンはニコリと笑う。

「お弁当の準備として野菜を切っておいたり下味をつけておいたり、夕食作りの片手間にでもできることは、案外たくさんあります。そして、私のおすすめはあらかじめ作っておく〝作りおきおかず〟です」

「作りおきおかず？」

　聞き慣れない言葉だったのだろう。一番前にいた女性が、不思議そうに聞き返してくる。

「はい。それも、お弁当のおかずですから、たくさん作る必要はありません。夕食の残りの食材なんかで、ちゃちゃっと作っておけばいいんです」

　カレンの言葉が終わると同時に、アスランたちがあらかじめ作っておいた〝作りおきおかず〟を各テーブルの上に並べていく。

　鶏そぼろ、ちりめん山椒、ピクルスなど、お弁当の副菜に便利な料理が披露される。

　カレンは、大きく息を吸った。これからが講習会の本番だ。

「それでは作り方をお教えします。一緒に作ってみましょう。——まず、鶏そぼろです。鍋にひき肉を入れたら、みじん切りしたしょうがとお酒も一緒に入れてなじませてください。先にひき肉にお酒を吸わせてから炒めた方が、しっとりと美味しくできるんです」

カレンの説明を聞きながら、人々が動き出す。

それぞれのグループには、アドバイス役として聖獣たちが一人ずつついた。女性の参加者は、それだけで俄然やる気を出す。

盛り上がってきた雰囲気に、カレンはホッとした。アドバイスをしながら、会場をぐるりと見回す。

すると、アスランのグループにいる一人の女性が、料理そっちのけでうっとりとアスランを見つめていた。しかもその女性は、見惚れるくらいのナイスバディだ。

カレンは、なんだかムッとしてしまう。

「みなさん、鶏そぼろはできたみたいですね。じゃあ、次のおかずを説明しますね！」

ついつい大声を出してしまった。アスランが、びっくりした顔でカレンを見てくる。

それを無視して、ちりめん山椒の説明をはじめた。

イワシの稚魚を塩茹でして乾燥させるちりめんじゃこは、この世界でも普通に食べられている。

ただし、日持ちがするように、塩辛い佃煮にしたものがほとんど。カレンは、ピリッとした山椒の辛みを活かした、うす味のちりめん山椒の作り方を説明した。

「実山椒は、洗ってから熱湯で茹で、水にさらします。さらす時間によって、辛みも変わります。今日は準備しておきましたが、みなさんが自分で作る時は、味見をしながら好みの辛さにしてくださいね。ちりめんじゃこは、熱湯をかけて臭みをとって、水とお酒で炒り煮にしてください。水分がなくなったら、実山椒とお醤油を入れて味付けをします」

実山椒の下処理に時間はかかるが、後は炒り煮をするだけ。ちりめん山椒は、難しそうに見えて、実は結構お手軽な料理なのだ。

「本当、簡単だけど美味しいのね」

アスランのグループの先ほどの女性が、味見をしながらアスランに話しかけていた。

カレンの料理を褒められて嬉しかったのだろう、アスランは、カレン以外には滅多に見せない笑顔を女性に向ける。

カレンの胸は、さっきよりモヤッとした。ついついアスランを睨んでしまう。

視線を感じた彼がカレンの方を見たが、カレンはスッと視線を逸らした。

「次は、ピクルスです。これは、香辛料を入れて沸騰させたお酢に、野菜を漬け込んだ漬物です。今日はニンジンときゅうり、ミニトマトを用意しました」

この世界にも塩漬けや味噌漬けのような和風の漬物はあるけれど、ピクルスはない。彩り鮮やかなピクルスに、参加者たちの目も引きつけられる。

「野菜は、漬ける前に軽く煮沸してくださいね。その方が長持ちしますから」

カレンは、淡々とピクルスの作り方を説明した。

アスランが、何か言いたそうにカレンを見ているのだが、わざと気づかないふりをする。

参加者は、思っていたより〝作りおきおかず〟が簡単にできることと、カレンの料理の豆知識に驚いていた。

「あとは、朝、メインになる肉や魚のおかずを仕上げて、ご飯と一緒に詰めれば出来上がりです」

「確かに、これならそんなにたいへんじゃないわね」

講習会を受けた人たちは、感心したように話し合う。

「お弁当は、ほぼ毎日作るものですから、がんばりすぎると疲れちゃうんです。だから気負わずに、普段の食事と同じ感覚で、習慣にするといいと思います」

「そうね。その通りよね」

「それなら続けられそうだわ」

参加した人の笑顔が見られて、カレンも一安心。

作ったおかずはみんなで分けて持ち帰り、『ラクラクお弁当作り講習会』は、大成功に終わった。

──ただし、小さな禍根を残したまま。

「カレン」

講習会が終わった途端、カレンのそばに近づこうとするアスラン。そんなアスランを、例の女性が引き止めた。

彼女は恥ずかしそうにしながらも、今日の講習会のお礼を伝えている。アスランは無下にすることもできず、戸惑いつつ適当に相槌を打っていた。

カレンは、さっさと後片付けをはじめる。

「これで、少しでもみんなのお弁当作りが楽になればいいわよね」

アウルに向かって、笑顔で話しかけるカレン。アスランのことは視界にすら入れようとしない。

そんな彼女に気がつき、アウルは何か企むような顔をした。

「うんうん。そうだよね。カレン、ご苦労さま！　大活躍だったね」

そう言うなり、アウルはカレンをギュッと抱きしめる。

「え？　アウル⁉」

カレンはびっくりして声を上げた。

「なっ！　アウル‼」

アスランも大声で叫ぶ。アウルは、アスランに向かってベェ～と舌を出した。

「なに？　俺とカレンは、今日の講習会の成功を喜び合っているんだからね。アスランは、そっちの人と仲良くしていればいいよ。……ね、そうだよね、カレン」

突然抱きしめられて驚いていたカレンは、動揺のあまり、よくわからないまま頷いてしまう。

「え？　え、えぇ」

「カレン!!」

アスランはもう一度、大声を出した。その声に驚き、彼のそばにいた女性が一歩下がる。その隙に、素早く身を翻したアスランは、カレンに駆け寄った。

「離れろ！」

彼は無理やりカレンをアウルから引き離し、自分の腕にギュッと抱きしめる。

カレンの胸が、ドキンと跳ねた。

アウルは、「やれやれ」と肩をすくめる。

「嫉妬深いなぁ。そんなにカレンを取られたくないのなら、ほかの女性に近づいたりしなければいいのに」

「誰がそんなことをした！　だいたい、今のは不可抗力だ！」

アウルの言葉にアスランは言い返す。彼の言い分はもっともだ。

それはカレンもわかっている。

「でも、カレンは、それが嫌だったんだ。……カレンにそんな思いをさせるな！」

真面目な顔でアウルが言った。その目は真剣で、いつものマイペースでおっとりとしたチャラ男の雰囲気はない。

「お前がそのつもりなら、カレンは俺がもらうよ」

「ダメだ！」

アスランは、力の限り否定した。そしてますます強くカレンを抱きしめる。

「俺が悪かった」

そう言って、頭を下げるアスラン。俺さまなアスランが、自ら非を認めるなんて、滅多にないことだ。

カレンは驚いて、アスランを見上げる。

「違うの。アスランは悪くないわ。……私が勝手にヤキモチを焼いただけなの」

カレンの言葉にアスランは、静かに首を横に振る。

「いや、悪いのは俺だ。もしも立場が反対なら、俺は怒り狂って、カレンに色目を使った相手を半殺しにしていただろう。きっと、カレンにも文句を言っていた。……だからカレンも俺を怒っていい」

……なんだかとんでもないセリフを聞いてしまった。半殺しにするなんて、ダメだろう。

「お、怒らないわよ！　だから、そういうことがあっても、アスランも怒らないで」

「カレンは、優しいな」

アスランは甘い笑みを浮かべる。

それに返すカレンの笑みは、引きつった。

アスランに迫っていた女性も、今のやりとりを見て顔を引きつらせている。

「まったく、とんだ茶番だったね」

アウルは両手を広げ、手のひらを上に向けた。

「本当にその通りだ。痴話げんかは、よそでやってくれ」

この騒動にかまわずさっさと片付け作業をしていたウォルフが、不機嫌な顔で怒る。

「いやいや、恋とはこういうものだろう。……なあ、アダラ」

調理台の上を拭いていたカムイは、布巾を持っていない手で、隣に立つアダラの肩を叩いた。

アダラは、慌てて飛びのく。もちろん、返事はない。

いつも通りのみんなの様子に、カレンはなんだか恥ずかしくなった。

「ごめんなさい。みんな」

「大丈夫だよ。カレンは悪くない。悪いのは全部、アスランだから。……アスラン、言っておくけど、さっきの俺の言葉は本気だからね。次はないよ」

カレンを慰めつつ、アウルはアスランを睨む。アスランは、真剣な表情で頷いた。

そんな彼を見て、アウルはニヤッと笑う。

「まあ、何はともあれ『ラクラクお弁当作り講習会』は、大成功だ。……やったね！」

一転、雰囲気をガラリと変えて叫んだ。

カレンはアスランと顔を見合わせる。そしてどちらからともなく、笑い合った。

「ええ。ありがとう。みんな！」

心からの感謝を伝えるカレン。

めでたしめでたしの講習会だった——のだが、荷物を持って帰ろうとしたところで、それまで黙っていたアダラが口を開く。

「お前たちは、相変わらず底抜けのお人好しだな。弁当作りのコツをこんなに簡単に教えてやって。……売り上げが落ちるとは、思わないのか？」

まるでバカにしたような言い方だ。

彼の言葉に、カレンはキョトンとした。

「心配してくれているの？」

アダラの顔を覗(のぞ)きこみ、聞いてみる。

アダラは、顔を赤くした。

「誰が、心配なんかするか！　お前にあきれているだけだ！」

「アダラ！　きさま！」

たちまちケンカでもはじめそうなアダラとアスラン。

カレンは、慌てて二人をなだめる。

「大丈夫よ。心配いらないわ」

ニッコリ笑って言い切った。

「家庭で作るお弁当が美味(おい)しくなるなら、その分、私たちのお弁当も、もっと美味(おい)しくすればいいだけだもの。お弁当作りが習慣になって、手作り弁当を持ってくる人は増えるかもしれない。でも、一味(ひとあじ)違うお店の味を続けていけば、お客さんが離れることはきっとないわ。——そうでしょう？」

ポジティブな彼女に、家族みんなは微笑む。

「さすが、俺のカレンだ」

アスランが腕を伸ばし、カレンを抱きしめた。

「前向きだな」

ウォルフは苦笑している。

「うんうん。カレンはこうじゃなくっちゃね」

アウルはとっても嬉しそうだ。

「主にどこまでもついていこう」

カムイは力強く頷いてくれる。

「……お人好しなだけかと思ったが、お気楽能天気でもあったのか」

ポツリとアダラが呟いた。

「アダラ！」

再び、アスランが声を荒らげる。アダラは彼を睨みつけ、またまたケンカがはじまりそうだ。

大騒ぎの中、二人の真ん中に入り、カレンは仲裁する。

そんな彼女を、眩しそうに見つめる召喚獣たちだった。

それから一同は、帰路につく。お城の出口には、大きな木が一本植えられている。見事に枝を広げた堂々とした木だ。葉は卵形で、どことなくケヤキに似ている。

その木の下で、ルーカスとミアムが、カレンたちを待っていた。

「ミアム、ルーカスさん、どうしたんですか？」

カレンが駆け寄れば、ミアムは恥ずかしそうに笑う。

「実は、俺たち結婚することにしたんだ」

大柄なルーカスが、デレデレに照れながらそう言った。

「ええ！　本当ですか？　おめでとうございます！」

カレンはもちろん大喜びだ。「よかったね」と、ミアムの手を握る。

アスランたちも口々に、二人に祝福を伝えた。

アウルに「おめでとう」と言われたミアムは、涙ぐんでしまう。

お祝いムードの中、アダラだけが自分には関係ないとばかりに、先に帰ろうとする。

そんな彼の足を、アスランが無言で踏みつけた。その場にうずくまり、痛みをこらえるアダラ。

まあまあと彼をなだめつつ、カレンはルーカスにたずねた。

「結婚式はいつですか？」

「ああ。いろいろ準備もあるし、半年後にした。その前にミアムの両親に報告に行かなければならないしな」

今は王都で一人暮らしをしているミアムだが、彼女はヌーガル王国の田舎町出身だ。

彼女の両親はここから馬車で五日ほどもかかる、海沿いの村に住んでいる。

のどかな漁村で何もないところだが、キラキラと陽光をはじく海と、その上を白い鳥が飛ぶ風景が美しいと聞いたことがある。その景色が大好きなのだ、とミアムは言っていた。ミアムの大らかな心は、故郷の海が育てたのかもしれない。

久しぶりの故郷への旅を、ミアムは楽しみにしているようだ。

「駅馬車で行くの？」

カレンの問いに、ミアムは「はい」と笑って頷（うなず）く。

目的の町までは、駅馬車を乗り継いで行くしかないという。

たいへんだろうけれど、結婚間近の二人旅なのだ。楽しいに決まっている。

「俺としては、ミアムのご両親に会いに行けるということだけでも、嬉しいんだがな」

ルーカスも、本当に嬉しそうに笑う。

ルーカスは孤児院出身だ。そのため、ミアムのご両親に結婚を反対されるかもしれないと、思っていたらしい。

しかし、彼女の両親は一も二もなく喜び、『ぜひ一緒に顔を見せに来てほしい』と招待してくれたという。

「うちの両親は、自分たちが大恋愛の末の結婚だったから、愛する人と結婚したいという私の気持ちを大切にしてくれるんです」

顔を真っ赤にしながら、ミアムははにかむ。

もう、「よかったね」という言葉しか出ないカレンだ。

「それで、いつ行くんだ？」

アスランの問いに、ルーカスは少し考え込んだ。

「片道五日、往復で十日はかかる旅だからな。滞在日を考えれば十二、三日は休まなければならなくなる。今、調整をしているんだが、早くて来月頃だと思う。調整がつかなければ、数ヵ月後になるかもしれない」

ルーカスもミアムもそんなに仕事を休むとなれば、日程を合わせるのは難しい。

その話を聞いたカレンは、ポン！　と両手を打ち鳴らした。ものすごくグッドタイミングだ。

「よかった！　来月なら、ちょうど馬車の改良が間に合うわ！　私、駅弁を作るわね」

「エキベン？」

ルーカスとミアムは不思議そうな顔になった。

「駅弁っていうのは、乗り物の中で食べるお弁当よ。異国では駅で売っていることが多いから、駅弁と呼ばれていてね。私、駅弁が大好きなんだけど、この国の馬車はとんでもなく揺れるから、食べられないのが残念で……。今、お弁当を食べられるように、馬車を改良しているところなの。その完成が来月なのよ。……私、ミアムとルーカスさんのために、心をこめて駅弁を作るわ！」

まさか異世界のお弁当の話だとは言えないため、少し嘘を織りまぜて話す。

「ありがとうございます。カレンさん、私たちのためにそんな！」

ミアムは感激して、カレンに抱きついた。

翌月、ミアムとルーカスが、異世界初の駅弁を持ち、揺れない馬車で旅立っていく。幸せいっぱいのその姿を、カレンは手を振り見送った。

半月後、旅行から帰った二人は、大興奮で駅弁を絶賛してくれた。乗り合わせた乗客も、興味津々（きょうみしんしん）だったという。

この世界の駅弁が各地に普及する未来を、カレンは確信するのだった。

ミアムとルーカスが帰ってきた数日後。カレンは少しぼんやりしながら、店の前を掃除していた。

カレンは心ここにあらず。風が吹いて、せっかくカレンがほうきで集めたごみが、また散らばっていく。そのことにも、気がつかないくらいだ。

（………結婚か）

カレンはぼんやりとそう思った。

彼女の脳裏に浮かぶのは、頬を染めて幸せそうに笑うミアムだ。

（なんだか、羨ましい）

カレンだって年頃の女性である。結婚に憧れないわけではない。

カレンには、結婚したいと思い、かつ、してくれるだろう相手がいる。なにせ、ほぼ毎日のようにアスランから愛の告白をされているのだ。アスランの気持ちは真剣だとわかっている。カレンが『うん』と答えさえすれば、彼はすぐに結婚式を挙げようとするだろう。

それが、嫌なわけではない。カレンは、アスランが大好きだし……愛している。ただ――

（アスランは、聖獣なのよね）

人型を取り、人間と寸分違わぬ姿をしているアスランだが、彼の本来の姿は翼を持つ赤い獅子だ。体長四メートル、体高は二メートルもあり、堂々とした威厳と神々しささえ感じさせる聖獣なのである。

（人間と聖獣でも、結婚できるの？）

それが、カレンにはわからなかった。

アスランのプロポーズを受け、愛を誓い合う。それから、結婚式を挙げたとして――

その後は？

彼との間に、子供はできるのだろうか？

（……きちんと、聞ければいいんだろうけれど）

なんとなく、アスランやほかのみんなには聞きにくかった。男性相手に、人間である自分は聖獣の子供を妊娠できるのかなんて、どんな顔をして聞いたらいいのかわからない。

（せめて、聖獣の女性に聞けたらな）

カレンは大きなため息をつく。

風が強く吹いて、彼女のスカートが少し翻った。

どうにもできない悩みを抱え、カレンは途方に暮れるのだった。

――そんなカレンの思いが届いたのか、その翌日、店に目を瞠るほどの美女が現れた。

ゆるくウェーブのかかった白銀の長髪に、アイスブルーの瞳。小さく整った顔に、成熟した女性の肢体を持つ、魅力的な女性だ。

昨日と同じように外で掃除をしていたカレンは、思わず彼女に見惚れてしまう。

「カムイは、いる？」

白銀の髪を肩から払いながら、美女は聞いてきた。

カムイを呼び捨てにしたことに、まずカレンは驚く。彼はお弁当屋のイケメンとして王都で広く顔を知られている。しかし、カレンたち以外の者で、カムイをこんな風に馴れ馴れしく呼ぶ者はいない。

はじめて見る顔だが、配達しているお得意さんの中の誰かだろうか？

「……どちらさまですか？」

美しさに気圧されながらも、気を引き締めてカレンはたずねた。

「私はポーラ。シロクマの聖獣王カムイの番よ」

美女――ポーラは、そう言った。

カレンは、目を見開く。彼女ははっきりと「シロクマの聖獣王」と言った。

「……ひょっとして、あなたは聖獣なんですか？」

「当たり前じゃない。聖獣の番というのは繁殖相手、つまりは子を生す相手のことよ。聖獣の番が聖獣以外のはずがないでしょう。私はシロクマの聖獣よ」

豊かな胸に手を当てて、ポーラは言う。その言葉を聞いたカレンの胸は、ツキンと痛んだ。

――聖獣の番が、聖獣以外のはずがない――

彼女の言葉が、胸に突き刺さる。

うつむくカレンの顔を、ポーラが覗きこんだ。

「……あなたが、カムイの主のカレンさんなの？」

「え？」

聞かれたカレンは、また驚く。

（どうして、知っているの？）

不思議に思って、無言でまじまじとポーラを見てしまう。カレンが否定しなかったことを肯定と受け取ったらしく、ポーラは「そう」と呟いた。

「とても、カムイの主とは思えない平凡な容姿なのね。しかも、あなたはカムイのほかにも三体の聖獣王を従えているのでしょう？　……信じられないわ」

――非常に、正直なポーラだった。

あまりにストレートな物言いに、カレンはぽかんとする。

「神のご加護を受けているって話だけれど、それほど強い力も感じられないし？　何かの間違いじゃない？」

ジロジロとカレンを見るポーラの視線は、遠慮がない。心底不思議だと思っているのがよくわかる。

しかも、彼女には悪気もなかった。カレンを見る目には、疑問はあっても悪意はない。そのことにはホッとするのだが、カレンはいたたまれなかった。確かに、目の前の美女に比べれば、カレンの容姿は平々凡々だろう。誰よりカレン自身が、そう思う。

（でもそれは仕方ないでしょう！　私は普通の人間なのよ。おかしいのは聖獣だわ。聖獣の男性はみんなイケメンで、しかも女性は美女だなんて、ズルすぎよ！）

なんだか腹が立ってくる。ポーラに対してではない。美男美女揃いの、聖獣という存在すべてにだ。そこへ――

「不穏な感情をばらまくな。不愉快だ」

文句を言いながら、アダラが店の奥から出てきた。長い黒髪をサラリと流した長身の青年の登場だ。

イケメンなのは聖獣だけでなく魔獣もだった、とカレンはガックリしつつ思い出す。魔獣であるアダラは人間の負の感情を操ることができる。そのため、その手の感情には敏感なのだ。それで彼は、今のカレンの感情に気がついたのだろう。

しかし、魔獣にとって負の感情は好物のはずなのに、何故かアダラは、不愉快そうに眉をひそめている。

「お前には、いつでも能天気なほどの明るい感情が似合っている。……お前がネガティブな感情を抱(いだ)いていると、気持ち悪い」

アダラは、吐き捨てるようにそう言った。カレンは、微妙な気持ちになる。

（えっと、これはアダラなりの慰(なぐさ)めなの？　でも、気持ち悪いって、どういうこと？）

問いつめようと思ったのだが――

「まさか！　魔獣!?」

ポーラの大きな叫び声が、カレンが言葉を発するよりも先に響き渡った。どうやら彼女は、アダラの魔の気配を感じたらしい。カレンやカムイたちの事情は知っていたが、魔獣のアダラまで一緒にいるとは知らなかったのだろう。

「なんだ？　この女。……この気配、聖獣か？　こいつが、お前の負の感情の原因なんだな」

アダラの目が物騒に光る。

「魔獣！　どこから人間界に紛れ込んだ!?　いや、どこからでもいい。この私、シロクマの聖獣ポーラが成敗してくれる！」

ポーラはグッと拳(こぶし)を握(にぎ)ると、ファイティングポーズをとった。

「面白い。たかが聖獣風情(ふぜい)が、龍の魔獣王たるこの俺に勝てると思っているのか？」

対するアダラは自然体だ。ただ、その目だけが爛々(らんらん)と怒りに燃えている。

睨み合うアダラとポーラ。一触即発の空気に、カレンは焦る。

「ちょっ、ちょっと！　やめて！」

「引っ込んでいろ、カレン。すぐ済む」

「そうよ。あっという間に私が、この魔獣をブッ飛ばしてあげるわ」

無造作に一歩前に踏み出すアダラと、体に力を漲らせ腰を落として構えるポーラ。

「ダメェ～ッ！　アダラ、ダメよ！　絶対!!」

カレンは咄嗟にアダラの前に飛び出した。戦う気満々の魔獣の青年を、背筋を伸ばして見上げる。

アダラは以前、アスランたち四人の聖獣王と互角に戦った魔獣王である。いくらカムイの番でも、ただの聖獣であるポーラが勝てる相手とは思えない。

「ポーラさんに手を出したりしたら、許さないわ！　そんなことするなら……えっと、あの、その……そうだ！　もう、芋ようかんを作ってあげないから！」

なんとかアダラを止めようと思ったカレンは、そう怒鳴りつけた。

カレンが作る絶品芋ようかんは、彼の大好物だった。

ムッと顔をしかめ、アダラは不本意そうに黙り込む。

二人の様子を見て、ポーラはポカンと口を開ける。

「……なっ？　ただの人間が魔獣を叱りつけた……？　しかも、魔獣が口答えもしないなんて」

ポーラは、目の前の光景が信じられないようだ。

そこに――

「カレン！」

突如アスランが空中から現れた。お弁当の配達中だったアスランは、異変を察知し、空間を飛び越えて帰ってきたのだろう。

「なんだ？　今の殺気は？」

続いて、同じように空中からウォルフも現れた。

「カレン！　無事？」

店のすぐ近くまで帰ってきていたのか、アウルは通りの向こうから駆け寄ってくる。走る動きに合わせ、虹色の髪がぴょんぴょんと揺れていた。

「主！」

そして最後に、カムイが現れる。

慌てた様子の彼は、カレンのそばに立つ銀髪の美女を見て、目を見開いた。

「ポーラ！　いったいどうして、お前がここにいるのだ!?」

聞かれたポーラは、キッとカムイを睨みつけた。

「〝どうして〟は、私のセリフよ。……いったいどうして、人間界に魔獣がいるの？　そして、どうして、人間が魔獣を従わせているの？」

ピシッとカレンとアダラを指さし、ポーラはカムイに迫る。

カムイとカレンは、どう答えていいものか、と顔を見合わせた。

「ああ、なんというか――」

「当たり前だ。不本意だが、俺はカレンの召喚獣だからな」

言いよどむカムイの言葉を遮り、そう堂々と言い放ったのはアダラだった。

「な！　……なんですってぇ～！」

ポーラの叫び声が、王都の街に高く響き渡った。

それから、なんとかポーラを落ち着かせ、カレンたちは店の中に入る。

リビングに通されたポーラは、アダラのことにまだ納得していないらしい。どこか不満げな顔をしつつも、物珍しそうに部屋の中をキョロキョロと見回していた。カムイに促されて、ポーラは窓側の椅子に座る。彼女の右隣に、カムイが座った。

ポーラの正面に座ったカレンは、お客様用の白いカップにコーヒーを淹れる。それを彼女の前に置いてから、自分たちのカップにもコーヒーを淹れた。

カレンの右隣には、いつも以上にカレンにくっついて、アスランが座っている。きっと、先刻大騒ぎしたポーラを警戒しているのだろう。

ウォルフは、カレンの背後に守るように立ち、アダラはそばの壁に寄りかかっていた。

二人のコーヒーは、壁際のカップボードの上に置く。

そこに、今日のお茶請け用にカレンが作ったカステラを持って、アウルが入ってきた。

一切れずつカステラが盛られた皿を全員に配ると、彼はカレンの左隣に座る。

コーヒーとカステラに、ポーラの目は釘付けだ。きっと、どちらもはじめて目にしたのだろう。

一方、カムイは恨みがましい目で、アウルを睨んでいた。

どうしてだろうと見ていると、カムイの皿のカステラがものすごく薄いことに気づく。

どうもアウルは、カムイのカステラからポーラの分を切り分けたようだ。騒ぎを起こしたポーラと、彼女がここに来る原因となったカムイに対する、意趣返しかもしれない。

アウルは悪びれもせず、カステラを食べはじめた。

カムイは、どんなにアウルを睨んでも、カステラは増えないとわかったらしい。ガックリ肩を落とす。しかしすぐに、「いや、まだもう一本あったはずだ」と小さく呟いた。

そんな彼に、アスランたちはあきれた目を向ける。

カムイ以外の聖獣たちは、ポーラに対して厳しい態度を取っているように見えた。気まずさを感じつつ、カレンは聞いてみる。

「えっと……、みんなは、ポーラさんと面識があるの？」

「いや、初対面だ。同じ聖獣王ならともかく、そうでない他種族の聖獣に興味はないからな」

アスランは、素っ気なくそう話した。

「でも、カムイの番さんなんでしょう？」

「みたいだね。……でも、だから、どうしたの？」

カレンの問いかけに、アウルは不思議そうに首を傾げる。

彼女はどう言ったらいいかわからずに、「うーん」と唸った。

「……俺たちの言う番と、カレンの考える番は違うようだな」

考え込みながら、ウォルフが話しはじめた。

聖獣は基本的に単独で生き、家族という概念を持たない。彼らにとって番とは、子孫を残すために繁殖時期にのみ番う相手であり、普通は固定化しないのだそうだ。

「聖獣は子育てもしないしな。一緒にいる必要はない」

聖獣の子供は、生まれた時からすでにはっきりとした意思を持ち、数時間後には走ることも飛ぶこともできる。しかも、母聖獣のお腹にいる時に、生きるための知識を得ているのだとか。つまり、世界があって、そこには神や多くの生き物がいて、自ら（みずか）が聖獣と呼ばれる生き物であることなども、知るのだそうだ。

そのため、聖獣には子育ての必要もない。母聖獣が子供のそばにいるのは、子供が生まれ落ちてから走ったり飛び立ったりするまでのほんの数時間。親子関係も夫婦関係も、希薄というよりは存在しないに等しいのが、聖獣だった。

ただ、そんな聖獣の中でも、シロクマの聖獣は特殊な存在らしい。最も神に近く、神の遣いと呼ばれるシロクマの聖獣だけは、一度番（つが）った相手を一生変えないのだという。

「ってことは、ポーラさんはカムイの奥さんなの？　えっと、人間でいう結婚相手……ルーカスにとってのミアムみたいな？」

カレンの問いかけに、カムイは「違う」と言って首を横に振った。

「一生変えないと言っても、そこに深い意味はない。一緒にいるのも繁殖時期だけだし、普段は別々に暮らしている。……なにより、私の一番は、常に主（あるじ）であるカレンだけだ」

カムイは真剣な表情で説明する。

「何を当たり前のことを言っているのよ？　聖獣にとっての一番が、正式な契約を交わした主だなんてことは、言うまでもないことでしょう？」

ポーラまで、あきれた様子でそう言った。

「我らの番は、人間でいう夫婦関係とはまったく違う」

カムイは、もう一度告げる。カレンは、その言葉に少しホッとした。

聖獣の番には、聖獣以外なれない。でも、その番は、人間でいう結婚相手ではないのだ。それよりももっと、ドライな間柄なのだろう。

……そういうことならば、自分はそんなに悲しまなくてもいいのかもしれない。

カレンがチラリとアスランを見れば、彼もジッとこちらを見ていた。膝の上に置いていた手を、アスランの大きな手に握られる。

カレンはやっと、落ち着きを取り戻した。

するとカムイは、今度はポーラに向かって、アダラが自分たちの仲間になった経緯を話しはじめた。

魔獣のアダラは、世界の歪みに乗じて人間界に紛れ込んだ。その後、神の目を盗んで人間界にちょっかいを出そうとして失敗。カレンに捕らえられ、家族になった。

家族とはどういうものかという話もすると、ポーラは「ふうん」と呟く。

「それにしても、アダラのことをこうして説明すると、なんだか間抜けだよね」

聞いていたアウルが、クスリと笑う。壁にもたれたまま、アダラはアウルを睨みつけた。

すべてを聞き終えたポーラは、目を閉じて考え込む。

「……それは、本当に神のご意思なの？」

アイスブルーの目を開くと、彼女はカムイに向けてそうたずねる。

「間違いない。私は神から直接聞いている」

カムイが肯定すると、彼女は「わかったわ」と大きく頷いた。

「聖獣と人間と魔獣が一つの家族だなんて、この目で見なければ、とても信じられなかったでしょうね。でもそれが神の意にかなうことならば、私はそれを認めるわ」

「……別に、お前に認めてもらう必要はない」

せっかくポーラが歩み寄ってくれたのに、アダラがそれを台無しにするセリフを呟いた。

「なんですって！」

「なんだ、シロクマの聖獣は耳が遠いのか？」

怒るポーラと、それをますます煽るアダラ。

「ちょっと！　待って、ケンカしないで」

カレンは慌てて制止した。彼女に逆らえないアダラは、フンと横を向く。

カレンは改めて、ポーラに向き合った。

「ポーラさん。確かに私たちは少し変わっています。でも、私は本気でみんなと家族になりたいと思っているんです。どうか見守ってください」

「……カムイの主がそう言うのなら」

しぶしぶという様子でポーラは答える。その表情は不服そうで、アダラを見る目は相変わらず敵意に満ちている。彼女が納得していないのは明らかだ。

カレンは困ってしまう。するとその時、ポーラの前に置いてあるコーヒーとカステラが、目に留まった。

「……あ、ポーラさん。話は少し置いておいて、どうぞカステラを食べてみてください。このカステラは、昨晩カムイが卵白をしっかり泡立ててくれたので、すごくふわふわにできたんですよ。中にざらめを入れたから、ちょっとジャリッとしますが、そこがカムイのお気に入りなんです」

「カムイが？」

ポーラは驚き、目を丸くした。カムイは彼女の王だ。王自らが何かを作る――ましてや、聖獣の生命維持に関係しない料理をしたなど、とても信じられないのだろう。彼女は、カムイの顔を穴があくんじゃないかと思うほど凝視した。

カムイは、照れたように苦笑する。

「食べてみろ。美味(うま)いぞ」

カムイにすすめられ、ポーラはおそるおそるカステラを口に運んだ。一口食べて、目を見開く。

「なに!?　これは?」

「カステラだと言っただろう。シロクマの聖獣は物覚えも悪いんだな」

アダラがまた悪態をついたが、ポーラはそれを聞いていなかった。

「美味(おい)しい！　今まで一度も食べたことのない味だわ。人間界には、こんな美味(おい)しいものがあるの?」

「我らの主(あるじ)は、世界一の料理の達人なのだ。……むろん、主(あるじ)を手伝う我らもな」

ポーラの反応に気をよくしたカムイは、嬉しそうに笑って自分のカステラに手をつけた。それを一口で食べ終えると、彼は悲しそうにため息をこぼす。

カムイの言葉にも態度にも、カレンはあきれてしまった。

「カムイったら、世界一は言いすぎよ。……ポーラさん。コーヒーも飲んでみてください。はじめては苦いでしょうから、お砂糖とミルクを入れてあります。ほろ苦さとカステラの甘さがとてもよく合うんですよ」

すすめられるままに、ポーラはコーヒーを一口、口に含む。その瞬間、少し目を大きくしてからコクリと飲みこんだ。

「こちらも今まで飲んだことがない味ね。……確かに苦いけれど、悪くないわ」

そう言うと、またカステラをかじり、続いてすぐにコーヒーを飲む。

「……美味しい」

目の覚めるような美人が、嬉しそうに表情をゆるめ、へにゃりと笑った。

カレンは、ものすごく嬉しくなる。

「喜んでいただけてよかったです。……あ、そうだ。カステラはもう一本あるんですよ。もしよろしければ、お土産に持って帰られますか？」

何気なく提案したカレンの言葉を聞いた途端、カムイが慌てて立ち上がった。

「なっ！　そんな……ッ!?　……いきなり押しかけてきた上に、そんな図々しいことをさせるわけにはいかない！」

「カムイ？」

あまりの勢いにカレンはびっくりする。さらにカムイは、首を横にブンブンと振った。

「ダメだ。一族の王として、それだけは許可できん」

そう言うと、キッ！　と、隣に座るポーラを睨んだ。

「だいたいお前は、いったい何をしに人間界に来たのだ？　聖獣が人間界で勝手に力を振るえないのは知っているだろうな。場合によっては、処罰するぞ。さっさと聖獣界に帰れ。……もちろん、カステラは持たずにだ！」

厳めしい顔でカムイは脅す。『一族の王として』などと言っているが、カステラに言及した段階で、ただ単にポーラにカステラを取られたくないだけだと丸わかりだ。

カレンたちは、あきれ顔でカムイを見る。

ポーラは多少驚いたが、「大丈夫よ」と言って、もう一口カステラを食べた。モグモグと噛んで、ゴクンと呑みこむ。そして「美味しい」と、また呟いた。

カムイは、羨ましそうにポーラを見る。

「私、きちんと神から許可をいただいて来ているわ。……私は、カムイ、あなたを迎えに来たのよ」

「迎えに？」

ポーラの言葉に、カムイは首を傾げる。

「ええ」と頷くポーラ。それからコーヒーを一口飲んで、言葉を続けた。

「今年は四年に一度の神事――ルキュアスの年なのよ。忘れているの？」

『ルキュアス』――カレンは聞いたことのない言葉だ。きょとんとする彼女に、アスランが説明してくれる。

ルキュアスとは、四年に一度、多くの聖獣が集まり、神に感謝の祈りを捧げる神事のことだという。普段は個々に暮らしている聖獣も、その時ばかりは一堂に会し、聖獣界がお祭りのようになるらしい。その神事が一ヵ月後に迫っている。

シロクマの聖獣は、ルキュアスを主宰し進行する役目を担っていた。

「ああ、もうそんな時期か。……主と共に過ごす日々は楽しく、あっという間に時が経つな」

しみじみとカムイは呟く。

「何をのんきなことを言っているのよ！」

苛立ったようにポーラはカムイを睨んだ。

「今までルキュアスは、すべてあなたが指揮していたでしょう。そのあなたがいないから、私たちはたいへんなの。とりあえず、質問事項を書いてきたから、返事をちょうだい！」

ポーラはどこから取り出したのか、分厚い書類をカムイに押し付けた。

どうやら彼女も、カレンの召喚獣たちと同じように、空間転移の魔法が使えるらしい。

「そして、ルキュアスの時には、絶対に聖獣界に帰ってきてもらいますからね！」

そう叫んで、美女はビシッとカムイに指を突きつける。カムイは、たちまち苦い表情になった。

「とんでもない。ルキュアスは三日間にわたるのだ。そんなに長い間、主のそばを離れるわけにはいかない」

彼は大真面目にそう言うのだが――

「別に、いいんじゃない？」

あっけらかんと、アウルが言った。

「前と違って、もう魔獣の脅威はないんだし。今回のルキュアスの三日間は、人間界の休日とかぶってるだろう？　お弁当作りもないし……カムイがいなくても、俺たちがカレンをしっかり守るから、大丈夫。カムイは聖獣界に戻っても平気だよ」

「バカを言うな！」

カムイは、ガタン！　と音を鳴らして、椅子から立ち上がった。

「主を守るのは、神より授かりし神聖な任務だ。他人任せになどできるはずがない。ルキュアスの儀式のやり方は、配下の聖獣にきちんと教えてある。私がいなくとも、儀式はつつがなく行えるのだ。……それに、主のそばを離れたら、主が作る料理を食べられなくなる！　三日間も、そんな苦行に耐えろと言うのか!?」

拳を握り締め、カムイは力強く主張する。

誰がどう聞いても、カムイが聖獣界に戻りたくない一番の理由は、カレンの料理を食べられなくなることだとわかる。

今度は、ポーラも含めた全員が、あきれた顔をした。もちろん、カムイは冗談で言っているのではなく大真面目である。

「カレンに、三日分のお弁当を持たせてもらえばいいんじゃないか？」

アスランは、考えながらそう提案する。俺さまで、カレン以外の者のことはどうでもいいアスランにしては、ひどくまともな意見だった。

しかしカムイは、大きく首を横に振る。

「どんなに多くのお弁当でも、一日ですべてを食べきる自信がある。あとの二日をどうやって過ごしたらいいんだ？　それに、私のいない三日の間にも、主は料理をするだろう。それを私だけが食べられないのは、嫌だ！　私は絶対に、主のそばを離れないぞ！」

実に食い意地の張った、堂々とした宣言だった。

「〝主のそば〟ではなく、〝主の作る料理のそば〟の間違いだろう」

ボソリとアダラが呟く。カレンの顔も引きつった。

そんなカムイに困るのはポーラだ。

「そんな！　準備はともかく、ルキュアス本番には出てもらわないと！　シロクマの聖獣王であるあなたがいるのといないのとでは、大違いなのよ」

ポーラは弱り切って訴える。しかしなんと言われようと、カムイは頑として頷かない。

「カムイ、お願いよ。……この様子では、ほかの聖獣王の皆さまも、ルキュアスに参加されないのでしょう？　力ある種族の王がすべて欠席されるのに、あなたまでいなくては……儀式は失敗してしまうわ！」

ポーラは悲痛な表情を浮かべた。

これには、アスランたちも顔をしかめる。

『とんだとばっちりだ。カムイの巻き添えを食って、自分たちまで聖獣界に戻れと言われてしまってはかなわない』と、みんな思っているのだろう。

どうする？　と、顔を見合わせるアスランたち。そしてしばらく考え込み――閃いたとばかりに、アウルがポンと手を打ち合わせた。

「だったら、カレンも一緒に聖獣界に行けばいいんじゃない？」

思いも寄らぬアイディアに、一同は呆気にとられる。

「私も？」

カレンは目を丸くして問い返した。

「そうだよ！　元々、聖獣界と人間界は行き来ができるんだ。ただ、人間は聖獣界に行く能力を持たないから、今まで誰一人、聖獣界に行った者はいなかった。……でも、カレンには俺たちがいる。俺たちが連れていけば、カレンは聖獣界に行けるだろう？」

言われてみれば、確かにその通りだった。アスランたちの能力をもってすれば、カレンを聖獣界に連れていくことくらい簡単だ。

「考えたこともなかったな。……だが、いい考えだ」

顎に手を当て、ウォルフが呟く。

「ルキュアスに参加できて、なおかつ、主と離れなくて済む」

カムイは上機嫌になった。

「そうだな。俺もカレンに、俺の生まれた世界を見せたい」

アスランの言葉に、カレンの胸が高鳴る。

「聖獣界には美しい場所がたくさんある。カレン、俺と一緒に見に行こう」

カレンを見つめるアスランの瞳は、とてつもなく甘い。カレンの頬は、たちまち熱くなった。

そんなカレンとアスランの間に、アウルが割り込んでくる。

「アスランだけじゃないよ。俺もウォルフもカムイも——聖獣みんなが生まれた場所だからね。……カレン、一緒に聖獣界に行こう！」

ムッとするアスランを押し退け、笑いかけてくるアウルに、カレンもつられて笑い返した。

「……そうね。私も聖獣界に行ってみたいわ」

素直な気持ちが声になる。

「やった！」と叫んだアウルは、カレンに抱きつこうと手を伸ばした。当然、その手はアスランに叩き落とされる。

「調子に乗るな！」

「ったく、ヤキモチ焼きな獅子だな」

痛い痛いと、わざとらしく手を押さえるアウル。そしてアスランと、バチバチと睨み合う。

そんな二人を、カムイが「まあまあ」となだめに入った。ウォルフもアダラもあきれ顔だ。

いつもの調子に戻ったみんなの様子に、カレンはますます笑みを深める。

ポーラは目を丸くして、目の前の光景を見ていた。

「……お互いに興味のなかった聖獣王さまたちが、こんな風にふざけ合うだなんて……以前は考えられなかったわ。家族とはこういうものなのね」

そんなポーラの言葉が、カレンは嬉しい。自分たちは間違いなく家族なのだと思える。

カレンはポーラに向き直った。

「ありがとうございます。私にとっては、何より嬉しい言葉です。……あらためて、ポーラさん、私もルキュアスに参加させてもらえますか？」

ルキュアスの神事を司るのはカムイのようだが、今、実際に準備しているのはポーラだ。だから彼女にお願いしてみる。

するとポーラは複雑そうに顔を歪め、ギュッと唇を噛んで下を向いた。

「……カムイやほかの聖獣王さまたちが、あなたを招待しているのよ。私に拒否権はないわ」

それは、ポーラの心情としては否定していると受け取れる言葉だった。

「ポーラ！」

カムイが声を荒らげる。

ポーラは、キッと顔を上げた。

「人間が聖獣界に来るなんて、今まで一度もないことよ。その上、聖なるルキュアスの儀式に参加するなんて！　……どうして簡単に許すことができるの!?」

「今までだって、許されていなかったわけでも、不可能だったわけでもない。それに、主は危険な人間ではないし……何より、我らの主だぞ！　拒む理由なんてないだろう？」

「私にとっては、今日はじめて会った、ただの人間の娘よ！」

ポーラの言うことは、もっともだった。カレンとポーラは初対面。ポーラはカレンのことを何一つ知らない。いくら番であるカムイの主とはいえ、いきなり信用できるはずもなかった。

しかし、主を貶められたと思った召喚獣たちは、黙っていられない。

「……それは、俺たちにケンカを売っているのか？」

怒りもあらわに、アスランが凄む。アウルやウォルフも視線を険しくした。

「やはり最初に叩きのめしておくべきだったな」

アダラまでボソッと呟いて、剣呑な雰囲気を醸し出す。聖獣王四人と魔獣王の怒りに触れ、ポーラはビクリと体を震わせた。

「ダメよ！　アスラン、みんな！」

カレンは慌てて声を上げる。

「カレン！」

不服そうなアスランに対し、カレンはきっぱりと首を横に振る。

「ポーラさんの反応は間違っていないわ。見ず知らずの他人をすぐに受け入れろと言う方が、無理よ。……大丈夫よ。ルキュアスまではまだ一ヵ月あるんでしょう？　その間に私のことを知ってもらって、信用してもらえばいいんだから」

　ことさら明るくそう言えば、アスランたちはしぶしぶ引き下がった。

「すまない、主。ポーラには私からよく言い聞かせておく」

　そう謝ってくるカムイにも、カレンは「ダメよ」と言う。

「無理やり言うことをきかせても、それは解決にはならないの。ポーラさんに心から歓迎してもらえるように、私ががんばるわ」

「……主」

　しょぼんとするカムイから視線を移し、カレンはあらためてポーラに向き合う。

「ポーラさん。図々しいお願いをして、ごめんなさい。でも私は……できればみんなと一緒に聖獣界に行かせてもらいたいのです。みんなが生まれ育った場所をこの目で見て、家族のことをもっと知りたい。ですから、私を認めてもらえるように努力したいと思います。ポーラさんは、カムイに用があるから、これからもたびたび人間界に来るのでしょう？　その時に私を見て、判断してください」

　ペコリと頭を下げるカレン。ポーラは眉間にしわを寄せた。

「変な人間ね。……私はカムイやほかの聖獣王さまに逆らえないって言っているのよ。あなたは主なんだから、一言命令すれば済む話でしょう」

「それじゃ、私が嫌なんです」

そう言って、まっすぐポーラを見つめるカレン。ポーラはフイッと目を逸らした。

「どうせここにはまた来るんだから、いやでもあなたは目に入るわ。……でも、私があなたを気に入るかどうかは、わからないわよ」

「ありがとうございます！　私、がんばりますね」

前向きな言葉をもらえて、カレンはにっこり微笑む。

「……本当に、変な人間」

ポツリとポーラは呟く。彼女の眉間にはしわが寄ったままだ。

そんな二人を、困ったように見つめるアスランたち。

こうしてカレンの店を、新たな聖獣ポーラが訪れるようになったのだった。


それから半月――

「カムイ！」

「……また来たのか」

銀髪の美女が、お弁当屋の店先に顔を覗かせる。その途端に、店番をしていた同じく銀髪の美丈夫は、迷惑そうに顔をしかめた。丈の短いゴージャスな青いコートを着て同色のロングブーツを履くポーラと、エプロン姿のカムイは、ちぐはぐな組み合わせのはずなのにお似合いに見える。

　声を聞きつけて店の奥から店先を覗（のぞ）いていたカレンは、小さく笑みをこぼした。

　この半月で、彼女とカムイのやりとりは見慣れた光景になっている。

「今度はなんだ？」

　ぶっきらぼうにカムイが聞いた。

「今日は神事の最後の儀式について相談よ。各聖獣の整列順で、タヌキの聖獣が『アナグマの聖獣と一緒に並ぶのは嫌だ』と、文句を言ってきているの」

「タヌキもアナグマもたいして変わらないだろう」

「でも、タヌキはイヌの一族で、アナグマはイタチの一族よ。『外見が似ているからって一緒にされたくない』と言っているわ」

　カムイは短い銀髪をガシガシと掻いた。

「四年前は、そんなこと言わなかったぞ」

「それは、あなたが先頭に立って指示したからに決まっているじゃない。たとえ不本意でも、シロクマの聖獣王たるあなたが命令すれば、小さな聖獣たちは黙って言うことを聞くのよ。けれど、今回は同じシロクマの聖獣とはいえ、指示したのは私。言うことなんか聞くはずないでしょう」

ポーラは、イライラしながらそう言った。実際、今回のルキュアスは、指示を出すのがカムイからポーラに変わったせいで、ずいぶんトラブルが増えているという。その分、ポーラに負担がかかっているのだ。

「面倒だと思うのなら、早く聖獣界に帰ってきて、あなたが直接指揮を執ってよ！」

「それはできないと言っているだろう」

言い争いになりそうな雰囲気を感じて、カレンは慌てて姿を現した。

「いらっしゃい、ポーラさん。いつもご苦労様です。……今日のお弁当には、かぼちゃコロッケを入れたんですよ。食べていきませんか？」

カレンの姿を見たポーラは、眉間に深いしわを寄せる。

「いらないわ」

返されたのは、素っ気ない断りの言葉。

カレンは目を丸くした。

ポーラはカレンに対してまだ心を開いてくれていない。しかしそれはそれとして、カレンの作る料理は気に入ってくれたみたいなのだ。最初の日は、涙目のカムイを無視してカステラを丸ごと一本持ち帰ったくらいである。

その後も店に来るたびに、カレンがすすめる料理を「仕方ないわね。食べてあげるわ」

などと言いながら、ペロリとたいらげていた。

カムイと同じ――いや、甘いものならば下手をすれば彼以上に食べるポーラが料理を
断るなんて、どうしたのだろう。

「ポーラ、主の厚意を断るなど――」

カムイが咎めると、ポーラはキッ！　と彼を睨み返した。

「いらないって言っているでしょう！　……私、最近胃が痛いのよ。誰かさんのせいで
ね！　揚げ物なんて、食べられる気がしないわ」

イライラして怒鳴るポーラ。そう言われれば、今日の彼女は顔色が悪い。いつもであ
れば輝くような白銀の髪も、なんだかくすんで見える。

「大丈夫ですか？　十分休息はとれています？」

カレンは、心から心配した。そんな彼女にも、ポーラは怒鳴り返す。

「休んでいるヒマなんか、あるはずないでしょう！」

「ポーラ！」

さすがに見かねて、カムイは彼女に迫った。

自分の主に八つ当たりされ、カムイは怒気をあらわにしている。

ビクッと震えたポーラだったが、次の瞬間、苛立ちを爆発させた。

「何よ、何よ！　私がどれほどたいへんなのか、わかってもくれないで！　私がどんなに一生懸命やっても、みんなは『カムイさまがいてくだされば』って言うのよ！　上手くいって当たり前で、少しでも失敗すれば『カムイさまなら、こんなことにはならなかった』だなんて言われるの！　……なのに当のカムイは、大事な主のそばで、好きなものを好きなだけ食べて、のんきに過ごしてる。こんなの、やっていられないわよ！」

両手を握り締め、体を震わせてポーラは叫んだ。激昂し――次の瞬間、パタンと倒れる。

「きゃあっ！　ポーラさん」

「ポーラ！」

驚き、彼女に駆け寄るカレンとカムイ。ポーラは真っ赤な顔で、呼吸が荒い。彼女の額に手を当てれば、燃えるように熱かった。

「熱が出ているわ。カムイ、早く、家の中に彼女を運んで！」

カレンの言葉に、カムイは厳しい表情で頷いた。

それから二時間後。大きな窓から暖かな日差しが入る気持ちのいい部屋で、カレンはポーラと向き合っていた。ポーラはベッドに横になっていて、額には冷たく濡らして絞ったタオルがのっている。

　彼女の顔はまだ赤いが、意識を取り戻したところだった。

「風邪みたいね。聖獣でも風邪をひくんだって、はじめて知ったわ」

　カレンが柔らかく微笑むと、ポーラは拗ねた子供のように頬を膨らませる。

「大したことじゃないわ。寝かせるなんて大袈裟よ」

「うん。でも、私が心配だから、寝ていてくれると嬉しいわ。……大丈夫よ。聖獣界にはカムイを行かせたから。ルキュアスの準備が整うまで帰ってくるなって、命令したわ」

　主とはいえ、カレンは滅多に召喚獣に命令しない。絶対服従の命令を受け、カムイは聖獣界に戻っていった。

　今までカレンのそばを離れたくないと言っていたカムイも、ポーラが倒れた姿を見て反省したのだろう。殊勝な態度で従った。

「もっと早く私が命令していればよかったのよね。……ごめんなさい」

　謝るカレンを、ポーラは睨みつけた。

「カムイを説得できなかったのは、私よ。私がもっと早く自分の限界を見極めて、正直に事情を告げて頼めばよかったの。それをムリして体調を崩した挙げ句、八つ当たりして……。みっともないわ。この上、謝られたりしたら、自分で自分が許せなくなるから、やめてくれる?」

　プライドの高さを表すその言葉に、カレンは目を丸くする。

　ポーラの顔は熱のせいだけとは思えないほど赤い。

「な、何よ。……介抱してくれたことには、礼を言うわよ」

　目を泳がせながら話すポーラの姿に、カレンはプッと噴き出した。

「あはは……ポーラさんって、ものすごく意地っ張りですね」

「……よく言われるわ」

　ものすごく情けなさそうにポーラは呟いた。カレンは、ひとしきり笑う。

　その後、カレンはポーラに、食事を作った。おかゆと、かぼちゃのポタージュ、そして茶わん蒸しだ。聖獣は食事から栄養を摂らない。しかし、温かくて柔らかくて、何よりカレンの心のこもった食事は、力になったようだ。ポーラはみるみるうちに元気になった。

　そして彼女の療養三日目には、カムイが帰ってきた。聖獣界で八面六臂の働きをして、ルキュアスの準備をあらかた終えたという。

「ポーラ、すまなかった。配下にもよく言い聞かせて、お前を助けて働くように命じてきた。今後は何事も、お前に任せっきりにはしない」

頭を下げるカムイに、ポーラも一人で意地を張りすぎたと謝る。無事に和解し、ルキュアスまでの仕事の分担を話し合うと、ポーラは聖獣界に帰ると言った。

見送りに出たカレンに、ポーラは手を差し伸べる。

「お世話になったわ。……高飛車で、ひどい態度ばかりとっていたのに、親切に看病してくれてありがとう。……ぜひ、ルキュアスに来てほしいのだけれど……招待を受けてくれる？」

恥ずかしそうなポーラの申し出に、カレンは飛び上がって喜んだ。

「ありがとう！　嬉しい。ぜひ行かせてもらうわ！」

おずおずと差し出されたポーラの手を、カレンはしっかり握る。そして空を見上げた。

この空の彼方に、聖獣界があるのだ。

（私も行けるのね……アスランたちが、生まれた世界に）

まだ見ぬ聖獣界への期待に、カレンの胸は高鳴った。


こうして聖獣界行きが無事決まったカレン。

しかし、問題はまだあった。

一番大きな問題は、魔獣であるアダラだ。なんと魔獣は、聖獣界に行くことができないらしい。聖獣界の空気は、魔獣にとって毒なのだという。

魔獣の能力をすべて封じ、龍の本体ではなく幼体となれば行けるのではないかと、カムイは言ったのだが――

「誰が聖獣界になど、行くものか」

アダラは断固拒否の意志を示した。そのため彼は、家で留守番をすることになる。

申し訳なく思うカレンだが、アスランたちもアダラ本人も、気にする必要はないと言い切った。

「でも、みんなで出かけるのに、一人だけ留守番だなんて……そうだわ！　私、アダラのために、留守の間に食べるお弁当を作るわね」

カレンは勢い込んでそう言った。

一人で食べるお弁当は寂しいかもしれないが、何もないよりはいいだろう。せめてものお詫びに、とカレンは申し出る。

「勝手にしろ。気が向いたら食べてやる」

素直じゃないアダラにあきれるが、拒絶の言葉でなかっただけ、ましだ。

「三日分だから飽きないようにしなくっちゃね。一日目はおにぎりで、二日目はサンドイッチ。三日目はパスタのお弁当にしようかしら？」

アダラのお弁当の献立に悩むカレン。その様子が、聖獣たちは気に入らなかったらしい。

「アダラばっかり、ズルイ！」

アウルが口を尖らせた。

「俺だって、おにぎりもサンドイッチも、パスタのお弁当も食べたい！」

「え？」

「主のお弁当をアダラだけが独り占めするなど、不公平だ」

至極真面目な顔でそう言ったのは、カムイだ。

「確かに、家族間に贔屓があっては問題だな」

ウォルフの眉間には深いしわが寄っている。

カレンは戸惑い、みんなをなだめようと言葉を選ぶ。

「えっと、……だって、アダラは一緒に出かけられないのよ。だから――」

贔屓などでは断じてない。

しかし、カレンが言葉を続ける前に、アスランがギュッと彼女を抱きしめた。

「きゃっ！　アスラン！」

「贔屓じゃないのは、わかっている。わかっているけれど、だからってそれを許容できるかと言われたら、そうじゃない。少なくとも、俺はカレンの手料理をアダラだけが食べるなんて許せない。……カレン、手伝うから俺の分も作ってくれ」

耳元で低く囁くのは、反則だろう。アスランを大好きなカレンに、逆らえるはずがない。

「ハイハイ！　俺も手伝うよ。だから俺の分もお願い！」

アウルは元気よく手を上げる。

「モチロン、私もだ」

「言うまでもないだろう」

カムイやウォルフまで、そう言ってくる。

「……もう、仕方ないわね」

アスランに抱きしめられたまま、カレンはあきれて笑った。ここまで言われて、作らないわけにはいかない。

「たくさん作らなくちゃいけないから、みんなしっかり働いてよ」

ワッ！　と、歓声が上がる。みなそれぞれに、どのお弁当がいいか、おかずはどうするかと話し出す。カレンたちの聖獣界行きは、山ほどのお弁当を抱えての旅になりそうだった。


その後もポーラは、ルキュアスの打ち合わせと称し、たびたび店を訪ねてくる。

「こんにちは、カレン。今日のお弁当は何？」

しかし、開口一番カムイではなく、カレンに向かってこう挨拶するポーラ。彼女の目的が何かは、聞くまでもないだろう。ポーラは日に日に、美味しいお弁当の虜になっている。

「唐揚げ、エビフライ、卵焼き……ああ、こんなに美味しいものが毎日食べられるなんて！　私も、カレンの召喚獣になりたいわ」

「ダメだ!!」

これには、召喚獣全員……アダラまで大声で反対した。かつてないほどの一致団結ぶりで、さすがのポーラも諦める。

ポーラを警戒する召喚獣たちを持ち場に戻らせ、カレンはため息まじりに呟いた。

「いつもあれくらい意見を一致させてくれたらいいのに」

するとポーラはフフフと笑う。

「今の聖獣王さまたちの姿だけでも、私には奇跡を見ているようだわ」

キッチンで働くカムイを眩しそうに見るポーラ。

彼はパンをこねているため手を離すことができず、こね終わるまでは、カレンがリビングでポーラの相手をしている。アスランやほかのみんなも、キッチンや店先にいた。

これは、千載一遇のチャンスだ。ゴクリと息を呑むと、カレンは、思い切って口を開く。

「ねえ、突然不躾なことを聞くようだけど……ポ、ポーラは、カムイの赤ちゃんを産んだことがある？」

何度か親しく話しているうちに、カレンとポーラは互いの名前を呼び捨てにする間柄になった。顔を熱くしながら、カレンはポーラに聞いた。

ポーラはカムイの番だ。繁殖相手で、しかも一生涯相手を変えないシロクマの番なのだ。普通に考えれば、カムイとの間に子供がいるのではないかと思われた。

アスランとの将来に不安を抱くカレンは、ポーラに聖獣の出産のことを聞きたい。

しかし、意を決してたずねたカレンに対し、ポーラは首を横に振る。

「いえ、まだよ。何度か繁殖期を一緒に過ごしたけれど、妊娠したことはないわ」

聖獣の繁殖期は、種族と個体の強さによってさまざまなのだそうだ。

小さく弱い聖獣の繁殖期は年四回。出産率も高く、番えばほぼ確実に妊娠し、多胎出産となる。

反対に、大きく強い聖獣の繁殖期は年一回だけ。しかもそれは、自由気ままな単独行動が多い聖獣が集って、子を生す相手を見つけるお見合いパーティーみたいなものだ。

番うかどうかは自由で、その気になりさえすれば、繁殖期以外でも子を生すことができるという。

「私たちシロクマは、一度番えば相手が固定されるので、無理に繁殖期に合わせる必要はないの。だけど、普段は別々に暮らしているから、周囲に合わせて繁殖期に番うことが多いかしら」

そして大きな聖獣ほど、番ったとしても妊娠確率は低くなるそうだ。生命力が強く滅多に死ぬことがないため、個体数を増やす必要がないせいだろうといわれている。

「むやみやたらに数が増えては、縄張り争いがたいへんになるもの」

食べる必要のない聖獣だが、一人で生きる彼らにはそれなりのパーソナルスペースが必要だ。個体数の増加は、誰もが望むことではないらしい。何度か番っても妊娠しないことは、強い聖獣なら当たり前のことだという。

「……カレンは、どうしてそんなことを？」

相槌を打っていたカレンは、そう聞かれて、焦ってしまった。

「あ……えっと、あの、その……その、アスラン……が」

不躾な質問をした手前、誤魔化すわけにもいかない。カレンはしどろもどろになりながら説明した。

アスランに告白されていること。プロポーズのような言葉も告げられていること。でも、それを受けたとして、その後のこと――主に、妊娠出産について心配なことなどを話す。

アスランとカレンの様子を見て、ポーラは二人の気持ちを察していたのだろう。あまり驚かず、「そうなのね」と頷いた。

「まあ、あれだけ見せつけられるとね」

少しあきれたように、ポーラは苦笑する。アスランの『カレンは自分のものだアピール』は、ものすごく強烈だ。カレンは恥ずかしさに顔を熱くした。

「じゃあ、私はカレンにはじめて会った時、とてもひどいことを言ったのね。……ごめんなさい」

あの時ポーラは『聖獣の番が聖獣以外のはずがない』と言った。後悔をにじませ、深々と謝るポーラを、カレンは慌てて止めた。

「あ、大丈夫よ。一般的に、番は同じ種族同士がなるものだってことは、わかっていたもの。ポーラは嘘をついたわけじゃないし、何も知らなかったんだから。でも、その、もしも、何か知っていたらと思って」

カレンの言葉に、ポーラはもう一度「ごめんなさい」と謝った。

「聖獣が人間と番ったという話は、聞いたことがないわ。人間に召喚される聖獣は、あまり強くない者が多いの。人型をとれない者がほとんどよ」

しかも、最近は聖獣を召喚できる人間も少なくなっている。

「一応、過去の記録を調べてみるけど……見つからない可能性が高いと思う」

もう一度謝りそうなポーラを、カレンは制止した。

「謝らないで。ポーラのせいじゃないもの。……それに、話を聞いてもらえて、ちょっと気が楽になったわ」

問題解決につながる情報は得られなかったが、それでも悩みを聞いてもらえたことで、カレンの心は少し軽くなる。そう言ってカレンが笑えば、ポーラもホッとしたように笑った。

「私でいいのなら、いつでも話して」

ポーラの申し出が、ありがたい。この日カレンとポーラの仲は、一層深まったのだった。

第四章 「聖獣界へ行こう」

ルキュアスを一週間後に控え、いつもの団欒の時間、カレンはリビングでお茶を淹れていた。

今日のおやつは、パンの耳で作ったかりんとうだ。パンの耳を半日ほど乾かして油で揚げたものに、黒糖をまぶして完成。そんなお手軽なパンの耳のかりんとうは、美味しいだけではなく、カレンのもったいない精神を満たしてくれる。

(そして、かりんとうには、緑茶よね)

この世界には、日本と同じ緑茶があった。低温でゆっくりじっくり時間をかけて淹れると、お茶は深みを増して美味しくなる。カレンはコーヒーと同じくらい、緑茶も大好きだった。

リビングで座る席は、位置が決まっていて、今日もカレンの右隣にはアスランが座っている。左にはアウルがいて、向かいにはカムイだ。

食いしん坊のカムイは、お茶を待てずに、かりんとうをポリポリ食べはじめていた。

ウォルフとアダラは、まだお弁当箱の回収から帰っていない。二人の分のかりんとうは、別にしてしまってある。そうしないとカムイが全部食べてしまうからだ。

「そういえば、聖獣って、みんなでどれくらいいるの？　ルキュアスに参加する聖獣の数はどれくらい？」

そんなカレンの質問に答えてくれるのは、無心に食べ続けるカムイ――ではなく、隣に座るアスランである。小首を傾げるカレンを、彼は眩しそうに見て言う。

「聖獣全部の数か？　そうだな。数えたことはないが……小さな種族も含めれば、一億くらいにはなるんじゃないか？　ルキュアス自体は聖獣界のあちこちで開催されるから、ほとんどの聖獣が参加する。ただ、俺たちが行く本祭に参加するためには、聖獣界の中央にある霊峰に登らなければならないからな。弱い奴は、そこに近づくこともできない。本祭に参加できる力のある聖獣は、数千くらいだと思う」

考えながらアスランは答えた。

そこへ、かりんとうに夢中で全然話を聞いていなそうだったカムイが、口を挟んでくる。

「バカを言え。本祭に来る聖獣は、一万は超えるぞ。少なくとも四年前のルキュアスではそうだった。……お前やアウルは参加しなかったから、わからないだろうがな」

食べる手を止めず、正しい情報を教えてくれるカムイ。彼は、食べながら話すという本来は行儀の悪いことでも、品よくやってのける。ある意味、一種の才能だ。

カレンは、少し驚いた。――カムイの才能にではなく、話の内容にである。

「アスランもアウルも、参加しなかったの？」

「面倒くさい」

一言で答えたアスランは、眉間に深いしわを寄せた。

神事であるルキュアスに、面倒だから参加しないというのは、果たして問題ないのだろうか？

カムイは苦虫を噛（か）みつぶしたような顔をした。

アスランと同じく参加しなかったというアウルは、ケラケラと笑う。

「ダメだなぁ、アスランは。俺は、アスランとは違うよ。ちゃんと参加しようとしたんだから。でも、カムイに『来るな』って言われたんだよね」

だから自分は悪くない、とアウルは話す。しかしカムイは首を横に振った。

「私は、『来るな』とは言わなかった。『酔っぱらった状態では、来るな』と、言ったんだ。……お前は、八年前のルキュアスで、酔って祭壇を吹き飛ばしそうになったのを忘れたのか？」

睨（にら）むカムイに、アウルは「そんなことあったっけ？」と首を傾（かし）げる。どうも本気で忘れているようだ。

　カムイは大きなため息をついた。

「まあ、いい。ともかく、今回は騒ぎを起こすなよ。我らは主を守らねばならないのだからな。……そうでなくとも、お前とアスランが参加すると聞いて、鳥類や、いつもはあまり来ないネコ科の聖獣たちが、こぞって参加すると言い出している。今年のルキュアスは、かつてないほど大規模なものになるぞ」

　アスランのしわは、ますます深くなった。面倒くさいと思っているのは間違いないだろう。

　カレンは、困って頬杖をつく。

「一万以上もいるの。……そんなに多かったら、全員の分のお弁当を作るのはとても無理よね。ポーラも気に入ってくれたから、お土産として聖獣界に持っていきたいなって、思っていたんだけど」

　先日、悩み事を相談して以来、ポーラと一層仲良くなったカレン。しかし、ルキュアスが終わりカムイに用がなくなれば、ポーラは当分人間界に来られなくなる。

　だから、うんと美味しいお弁当を、ポーラやほかの聖獣たちへのお土産にしようと思ったのだ。

しかし、小さなカレンの店では、いくらアスランたち聖獣の力を使っても、一万食ものお弁当を作るのは不可能。諦めるしかないか、とカレンはため息をつく。

「カレンのお弁当を、関係ない奴らにやるのはもったいない」

カレンに関することに対しては、めちゃくちゃ心が狭くなるアスランは、大真面目にそう言った。

「もう、アスランったら」

カレンの頬は、たちまち熱くなる。それをアスランは嬉しそうに見つめる。

いつもの二人のいちゃつきに、アウルは「ハイハイ、ごちそうさま」と言って、かりんとうに手を伸ばした。

「うん。パンの耳とは思えない美味(おい)しさだね。……やっぱり、カレンの料理をほかの奴らに食べさせるのは、もったいないかな？」

「もうっ、アウルまで」

カレンは照れて、お茶を一口飲む。

「フム。確かに一万食は無理だが、ルキュアスの行(おこな)われる霊峰(れいほう)でも、一番高い頂上に登れる者は、我らをのぞけば十数名だ。そのくらいであれば、お弁当も作れるのではないか？」

相変わらずかりんとうを食べながら、カムイがそう提案した。

「頂上？」

「ああ。神事の最初と最後は、頂上にある神の石碑の前で行うのだ。立ち合えるのは強い種族の王クラスのみ。アスランやアウルのように、資格があっても参加しない者もいるから、確実な数は掴めないが、どんなに多くとも二十名は超えないはずだ」

カムイの言葉に、カレンはこれだ！　と目を輝かせる。

「そこには、ポーラもいる？」

「ああ。神事の本番では、ポーラが私の補佐を務めるはずだ」

ならば、その聖獣たち用のお弁当を作ろう、とカレンは決意する。

「二十個なら、作れるわね」

「そんな必要ないだろう」

やる気を出すカレンに、アスランが不満そうな声を上げた。

その時、ちょうど扉が開いて、「いや、いい機会だと思うぞ」というウォルフの声が聞こえる。扉の方を見ると、そこにはウォルフとアダラがいた。どうやら、配達から帰ったところで、カレンたちの話が聞こえていたらしい。

「いくら神のご意思とはいえ、俺たち四体がたった一人の人間の召喚獣になったことに、不満を抱く奴らもいる。そんな者たちにお弁当を食べさせ、カレンがいかに素晴らしい、かけがえのない存在なのか、思い知らせてやればいい」

自分の席に着きながら、ウォルフは大真面目にそう言った。

ちょっと大袈裟なのではないか。

「俺が誰を選ぼうが、俺の勝手だ。誰にも文句は言わせない」

ムッとしたアスランが、カレンの腰に手を回し、グッと引き寄せてくる。

「ちょっと！　アスラン」

お茶を飲もうと湯のみを手にしていたカレンは、こぼれるのではないかと慌てた。

するとアウルは、カレンの湯のみを受け取りながら笑う。

「うん。アスランの意見はわかるけど、ウォルフの言うことにも一理あるね。カレンのお弁当を食べさせて、みんなを羨ましがらせるのも一興だな。俺も、お土産のお弁当を作るのに賛成！」

「聖獣という奴らは、面倒だな」

バカにしたようにアダラが顔を歪める。

ムッとするアスランを見上げ、カレンは問いかけた。

「アスラン、ダメ？」

たちまち顔を赤くし、アスランはごくりと唾を呑みこむ。

「……ダメじゃない」

カレンのお願いを、アスランが断れるはずがなかった。

こうしてカレンたちは、自分たち用のお弁当のほかに聖獣界に持っていくお土産のお弁当を用意することになったのだった。


それから数日、カレンはずっとお土産の内容を考えていた。ハンバーグ弁当にすき焼き弁当、ビビンバ弁当など、大食漢の聖獣が満足できるお弁当を候補に挙げる。

「ハンバーグ弁当は、お肉と具材を変えて、いろんなバリエーションで作りましょう。それぞれ違う食感と味わいが楽しめれば、きっと喜んでくれるわ」

紙に書き出しながら話すカレンに、一同は目を輝かせる。

「すき焼きの味付けは、お砂糖とお醤油だけにしてね。ネギや豆腐から水分が出るし、お弁当だからあんまり汁気を多くできないわ。糸こんにゃくにキノコも入れて美味しく仕上げましょう」

うんうんと頷く聖獣たち。カレンは続ける。

「ビビンバっていうのは、ご飯の上にお肉とたっぷりの野菜、卵をのせて、まぜて食べるお料理よ。中でも熱した石鍋でご飯のおこげも楽しめる石焼ビビンバが好きなんだけれど、お弁当ではそれはできないから、味を楽しみましょう」

「石鍋？」

カレンの言葉の一つに、ウォルフがひっかかった。

「そう。石をくりぬいて作ったお鍋で、鍋ごと熱を加えるの。香ばしくなって、とっても美味(おい)しいのよね」

何よりご飯のおこげが最高だと思い出しながら、カレンは紙に石鍋の絵を描く。

「……これ、ルキュアスの聖杯に似てないか？」

その絵を見たウォルフが、首を傾(かし)げてそう言った。

「聖杯？」

カレンが描いたのは、中がくり抜かれた半円のボールのような器(うつわ)の絵。聖杯なんて立派なもののイメージとは結びつかない。

「石がくり抜かれてできているのだろう？　そこも同じだ」

ウォルフの言葉に、カムイも「ああ」と頷(うなず)いた。

「言われてみれば、確かに似ているな」

「え？　でも、聖杯って、すごいものじゃないの？」

驚くカレンの頭を、アスランがポンポンと叩いた。

「聖杯なんていっても、そんな大したものじゃない。ルキュアスに参加するすべての聖獣が飲む聖水を入れるためだけのものだ。それも聖水と言っても、普通の水なんだ」

「ただの水と一緒にするな。この私が、神への祈りをこめて召喚する水だぞ」

カムイが憤慨したようにアスランに言い返す。

「そうそう。つまりは、いつも飲んでる普通の水だよね」

ケラケラと笑いながらアウルが言った。

カムイはムウッと唸るものの、それ以上反論しない。どうやら、何かのパワーが宿っているというようなことはなく、本当にただの水らしい。

「ただ、大きさはケタ違いだがな」

あくまで真面目に、ウォルフは教えてくれた。

「獣体のアスランがすっぽり入ってしまうくらいだよ」

アウルは、両手を広げて大きさを強調してみせる。

「そんなものに入ってたまるか」

アスランは、怒ってそう言った。赤い翼を持つ獅子のアスランの本体は、体長四メートル、体高は二メートルほどだ。そんなアスランがすっぽり入ってしまう石鍋とは、とてつもなく大きいものだろう。

「スゴイわ。……なんだか、山形の芋煮会の鍋みたいね」

山形名物芋煮会の鍋は、直径六メートルだと聞いたことがある。カレンは素直に感嘆した。

「芋煮会とは？」

料理の話だと察したのか、食いしん坊のカムイが食いついてきた。

「私がいた世界のお祭りよ。大勢の人が集まって大きな鍋でお芋やお肉、ネギ、コンニャクなんかを煮込んだ汁物を作って食べるの。規模が大きな会では、一度に三万食もできるんだって聞いたことがあるわ」

「へぇ～。それはスゴイね」

「ああ、壮観だろうな」

アウルとウォルフが感心する。

「変わった神事だな」

聖獣にとっては、お祭りイコール神事なのだろう。アスランは怪訝そうに首を傾げる。

アダラは、興味なさそうに小さくあくびをした。

カムイは――見たことのない芋煮会を想像しているのか、腕を組んで目を閉じ……やがて、カッと目を見開いた。

「芋煮会をやろう」

厳かにそう告げるカムイ。

カレンはぽかんとして声をこぼす。

「え？」

「幸いにして、鍋はある。材料も我らがいればなんとかなるだろう。……ルキュアスで、聖水の代わりに芋煮を食べるんだ」

神に近い存在と言われるシロクマの聖獣王さまが、とんでもないことを言い出した。

「カ、カムイ！　正気なの!?」

「正気も正気だ。いつもと同じ水を配るならば、その芋煮とやらの方が、聖獣たちも喜ぶ。主だって、できれば聖獣すべてにお弁当を食べさせたいと思っていたのだろう。お弁当は無理だが、その芋煮であれば、本祭に集まる聖獣に配ることができる」

カムイは本気で、聖杯で芋煮を作るつもりのようだった。

確かに、アスランが入るくらいの大鍋――もとい、聖杯ならば、一万以上の聖獣に芋煮を食べさせることができるだろう。

「きっと、みんな喜ぶぞ。……大丈夫だ。余った分はすべて私が、責任をもってたいらげる」

カムイが芋煮会をやりたい本当の理由は、最後の一言かもしれない。アスランたちもそう思ったのだろう、あきれたように視線を交わした。

しかし、あらためて考えれば、それはいいアイディアに思えてくる。何より、きっと楽しいだろう。

「本当に、ルキュアスで芋煮会をしてもいいの？」

「してもいいではない、してほしいと言っている」

カムイの答えを聞いたカレンは、アスランたちに目を向ける。アダラは知らん顔をしていたが、ほかのみんなはしっかりと頷く。

「わかったわ！　私、聖獣界で芋煮会を開くわね！」

カレンの宣言が、大きく響き渡った。


そして、いよいよルキュアス初日。

カレンたちはアダラに留守番を任せ、早朝のまだ暗いうちに王都を出ることになっている。聖獣界に行くためにはアスランたちは聖獣の本体に戻らなければならないので、王都から飛び立つわけにはいかない。人目の少ない王都の外に行く必要があるから、出発がこんなに早かった。

カレンは出がけに、細々とした注意事項をアダラに伝える。まるで、小さな子供に一人で留守番をさせる母親みたいだ。

「アダラ、戸締まりだけはしっかりね。火を使って料理をしてもいいけれど、火の用心は忘れないように。あと、三日分のお弁当をカムイの冷蔵魔法がかかった箱に入れてあるから、取り出して温めて食べてね。一度にたくさん食べすぎちゃダメよ」

「うるさい。わかったから、さっさと行け」

聞いているうちに不機嫌になったアダラは、追い払うような仕草をした。まだまだ心配なカレンなのだが、アスランに急かされ、しぶしぶ家を出る。

振り返れば、月明かりの中、アダラの部屋の窓が開いていることに気がついた。そこからアダラが見送っているのが見える。

「アダラ、行ってくるわね」

カレンが立ち止まって小さな声で呟くと同時に、アダラはシッシッと大きく手を振った。アダラの部屋は暗く、月光を浴びたアダラの姿が浮かび上がっていた。

その時、アダラの部屋の奥で、小さな何かがコロリと動く。

（え？　私、夜目なんかきかないはずなのに）

濃い色のボールのようなものが、動いた気がした。

何故か、カレンの胸が不安でギュッと締め付けられる。今すぐ店に引き返し、アダラを光の下に引っ張り出したい。

（……ううん。見間違いよね）

きっとアダラを一人で残す不安が見せた錯覚だ。カレンは自分にそう言い聞かせる。

「カレン、早く」

「あ、ええ。今行くわ」

アスランに呼ばれ、カレンは駆け出す。

もう一度振り返ると、長い黒髪の闇の魔獣王は、今にも闇と同化してしまいそうに見えた。

その後、人目を避け、王都の外の草原まで移動したカレンたち。

街から十分離れた後、まず、アスランとアウルが本体に戻った。

聖獣は四人とも空を飛べるのだが、翼を持つアスランとアウルの飛行速度は、ほかの二人より速い。そのため、途中までは、カムイとウォルフも人型のままアウルに運んでもらうことになっていた。

カレンを運ぶのは、アスランである。お土産（みやげ）用のお弁当と自分たち用のお弁当が入った大きな包みは、アウルが両脚の爪に引っかけて運ぶことになっていた。

「ズルイ！　俺だってカレンを運びたい！」

「させるか！」

極彩色の鵬と翼を持つ赤い獅子は、剣呑な雰囲気で睨み合う。

「いい加減にしろ。さっさと行くぞ」

あきれたウォルフは、サッとカレンを抱き上げた。そのまま軽くジャンプをして、アスランの背中にカレンを運んでくれる。そうしなければ、カレンは巨大なアスランの背中に乗れない。

それはわかっているはずなのに、アスランは面白くなさそうに、鼻の上にしわを寄せる。

「さっさと降りろ」

首を後ろに捻り、牙をむくと、ウォルフに向かって唸った。

「もうっ！　アスランったら、あんまり怒ってばかりいると、アウルに乗せてもらうことにするわよ」

カレンの文句は効果覿面で、アスランは慌てて牙を引っ込め、体を丸める。

ウォルフは、ハンと肩をすくめた。そして、壊れ物を扱うみたいにそっとカレンをアスランの背に下ろしてくれる。

「ないとは思うが、アスラン……絶対にカレンを落とすなよ。強風で、カレンの柔肌に傷一つでもつけてみろ。許さないからな」

「きさまに言われるまでもない。俺がそんな真似をするはずがないだろう！」

せっかく引っ込めた牙を、アスランはまたむき出しにした。

「アスラン！」

再び彼を諫めるカレン。

「わかった。わかったから、ウォルフ、早く降りろ！」

アスランにせっつかれ、もう一度肩をすくめたウォルフは、軽やかにアスランの背から降りた。

「きゃっ！」

その途端、アスランはバサリと翼を羽ばたかせる。突風が巻き起こり、渦を巻いた。

カレンは慌てて、アスランのたてがみにしがみつく。

「うわっ！」

「アスラン！」

「きさま！」

アウル、カムイ、ウォルフの怒声を無視して、赤い獅子の巨体が宙に浮いた。

「俺とカレンは、先に行っている。お前たちは後からゆっくり来ればいい」

そう言うなり、アスランはあっという間に高度を上げる。みるみるうちに地上が遠くなっていく。

極彩色の鵬が慌てて後を追おうとするが、まだその背にはカムイとウォルフが乗っていない。アウルは二人に引き止められていた。

呆気にとられて、カレンはその様子を眺める。そんな彼女に、アスランが声をかけた。

「寒くないか？　体の周りに空気で結界を作り、風や冷気を遮断しているんだが……寒かったり暑かったりしたら言ってくれ」

どうりで、空を飛んでいるのに風をまったく感じないはずだ。それどころか、風の結界は落下防止の役目も果たしているそうで、どれほど暴れてもカレンは下に落ちたりしないという。

便利な結界に感心したカレンだが、問題はそこではないと、ハッとする。

「アスランったら、どうしてみんなを置いて先に飛び立ったりしたの⁉　みんな、きっと心配しているわ」

「どうせ行き先は同じなんだ。別行動でもかまわないだろう」

カレンは怒っているが、アスランは気にせずそんなことを言う。

「アスラン！」

「……お前と、二人きりで飛びたかった」

アスランは、低く艶めいた声で答える。カレンの心臓は、ドキンと大きく跳ねた。

「二人で飛びたい。……ダメか？」

そんな風に懇願されてしまえば、カレンにはダメだと言えなかった。

「……アスランったら、ずるいわ」

カレンの頬が熱を持つ。自分の顔が赤くなっていることを自覚しながら、カレンはフイッと横を向く。

アスランは、体を震わせて低く笑った。

「カレン、下を見てみろ」

その言葉に身を乗り出し、カレンは下を覗きこむ。すると、徐々に強くなる陽光をはじき、大地がキラキラと光りはじめた。おそらく草の露が光っているのだろう。

「……っ、キレイ」

カレンは思わず息を呑んだ。アスランがもう一度低く笑う。

「俺の好きな景色だ。この光景を、お前と見たかった」

静かな声が耳を打つ。カレンの胸は、ジンと痺れた。

「ありがとう、アスラン」

素直な気持ちで礼を言う。赤い獅子は、満足そうにグルルと喉を鳴らした。

青い空を上昇し、白い雲を抜け、飛ぶ鳥を上から見下ろす。人の住む街が小さくなり、緑の大地の端に海が見え、大陸が豆粒のようになっても、アスランの上昇は止まらなかった。

以前アスランは、この世界が円盤状で、海の果てでは水が下へと流れ落ちていると言っていた。しかし、海の果ては空と同じ青に溶け、どこが境目なのかわからない。

やがて、眼下が真っ青になった頃、ようやくカレンは遥か上空にポツンと浮かぶ小さな点を見つけた。

「アスラン、あれは?」

「あれが、俺たち聖獣の住む聖獣界だ」

聖獣界は人間界よりもほんの少し小さいのだという。

だが、ぐんぐん近づくにつれて、聖獣界は限りなく大きくなっていく。まだとてつもなく遠いはずなのに、空に浮かぶ島のような聖獣界の土色の底が、目の前に広がっていくのだ。

「あれは？」

聖獣界の端が、キラキラと光をはじいていた。大小さまざまな虹が、数えきれないほどかかっている。

「聖獣界の海が落ちているんだ」

そう言うと、アスランは、ぐんとスピードを上げた。そして一番大きな虹の方へ向かってくれる。

カレンの視界の中で、空気がキラキラと輝く。水しぶきのような湿気を感じ、光っているのが水滴なのだとわかる。

虹の向こう側で、ごうごうと水が落ちていた。それは、とてつもなく大きな滝だ。滝壺はなく、流れの先には白い雲が湧いている。

「……スゴイ」

息を呑む壮大な光景を見て、カレンの口から出たのはそんな言葉だった。

（だって、ほかに、どう言い表せばいいのか、わからない）

気がつけば、カレンは泣いていた。感動の涙が頬を流れ落ちる。

――美しかった。ただただ、美しかった。

虹の中を、アスランの赤い翼が潜り抜け、さらに上へと飛んでいく。

「アスラン……キレイね」

「ああ」

やがて、虹の上に青い海が広がる。

ついにカレンは、聖獣界にやってきたのだった。


聖獣界の海を越え、大陸の中央——延々と連なる山脈の最高峰である霊峰（れいほう）の頂上に、カレンたちは到着する。

「遅いよ！　いったいどこを飛んでいたんだ！」

その途端、カレンとアスランは、アウルたちに怒鳴られた。先に飛び立ったはずのアスランより、アウルたちの方が何故か早く着いていたのだ。

「せっかくのカレンとのデートだ。最短距離で来るはずないだろう」

そう悪びれもせず言うアスラン。彼は、着地する直前に獅子（しし）から人へと姿を変え、カレンをお姫様抱っこで抱きかかえた。

そのまま地面に立ったが、カレンを下ろす様子は少しもない。

「アスラン！　主（あるじ）を離せ」

「カレン、ケガはないか？」

「ズルイ！　俺だってカレンとデートがしたかった！」

カムイ、ウォルフ、アウルの順に叫び、駆け寄ってくる。カムイが強引にアスランからカレンを引き離そうとして、小競り合いが起きた。

結果、カレンはアスランに抱き上げられたまま、振り回されてしまう。

「ちょっ！　ちょっと、アスラン！」

いくらアスランがしっかり抱きかかえているとはいえ、振り回されるのは怖い。

「もうっ！　アスラン！　みんなも、やめて!!」

カレンはたまらず、聖獣たちを叱りつけた。

アスランは慌ててカレンを地面に下ろす。

「す、すまない、カレン」

「カレン、ごめんね。大丈夫？」

「主、悪かった」

「……カレン。すまない」

アスラン、アウル、カムイ、ウォルフの順に謝ってくれる。

カレンは、まだちょっとくらくらしながら、みんなを見た。全員しょんぼりと項垂れている。もしも彼らが獣体だったら、きっと耳や尻尾が垂れているだろう。

それを想像して、カレンはフッと笑った。

「反省してくれればいいのよ。私も心配かけたし……カムイ、アウル、ウォルフ、ごめんなさい。あと、アスラン、今度は一人で勝手に決めないでね。出かけるなら、みんなにちゃんと説明してから行きましょう」

カレンの笑顔で、アスランたちもホッと表情をゆるめる。

「よかった！　カレン」

アウルがカレンに抱きつこうとして、アスランが慌てて彼女の前に出た。

アウルはムッと顔をしかめる。

「退け！　アスラン、今度は俺がカレンを抱きしめる番だろう」

「そんな順番は、永遠に来ない！」

怒鳴り声を上げ、睨み合う二人。あきれてしまうが、いつもの光景だ。

それを眺めるカレンの耳に、クスクスという笑い声が聞こえた。

「相変わらずね。……まったく、こんな聖獣王さまたちの姿が見られるのは、カレンのそばだけだわ」

笑ってそう言ったのは、ポーラだ。

そういえば、ここは聖獣界のルキュアスが行われる山の上。ポーラやほかの聖獣たちもいるはずの場所である。カレンは慌てて周囲を見回した。

するると思った通り、カレンたちの周りには、ポーラとほかに十数人の男女がいる。――

いずれ劣らぬ美男美女揃いだ。

(うん。間違いなく、聖獣よね)

やはり聖獣とは見目麗しい存在なのだ、とカレンは確信する。

彼らは全員目を丸くしてカレンたちを見ていた。そして、ぽつぽつと声を漏らす。

「まさか、あれは本当に、あのカムイさまなのか?」

「普段はニコリともしないウォルフさまが、あんなに感情をあらわにされるなど」

「アウルさまが、たった一人の女の子に縋っている……」

「アスランさまは、神事になどまったく興味がなさそうだったのに……本当に参加されるのですね」

ゴホンと咳払いしたカムイが、前に出た。

「皆、久しいな。準備ご苦労。ルキュアスが無事開催できること、神もお喜びくださるだろう」

威厳たっぷりの低い声が周囲に響く。

その途端、ザッ！　と、ポーラも含めた聖獣が揃ってその場に膝をついた。立っているのは、カレンと彼女の召喚獣たち四人だけ。

（えっ？）

カレンの目が点になる。

堂々と立つカムイと、無表情で跪く男女を見つめるウォルフ。アウルはいつも通りヘラヘラと笑い、アスランの眉間には不機嫌そうなしわが寄っている。

「ご帰還、お待ちしておりました、カムイさま」

「ウォルフさま、狼の聖獣一族、山裾にすべて揃っております」

「アウルさまの飛翔を目にして、眷属一同喜びに舞い上がっています」

「久しいな。我が王アスランよ」

頭を垂れながら、その場にいる者たちの代表らしい四人が、それぞれの王に話しかけた。その口調に多少の差はあるものの、恭しく喜びに満ちている。

そう言えばアスランたちは〝聖獣王〟だったのだと、カレンは思い出した。

（聖獣王って、やっぱりすごい存在なのね）

なんだかカレンは信じられない。呆然とその様子を見ていたのだが、跪いていた一人――先ほど、アスランに「我が王」と呼びかけていた男性と目が合った。

金に黒がまざったミディアムショートの髪と琥珀の目を持つ精悍な顔つきの彼は、ニヤリと笑う。

「我が王アスラン。あなたが掌中の珠のように扱うその女性を、我々に紹介してくれないか？」

その言葉を聞き、アスランは、眉間のしわをより深くした。カレンを背後に隠し、男を睨みつける。

「断る」

男は一瞬呆気にとられた後、「ブッ」と噴き出した。

「これはこれは。余程ご寵愛と見える」

周囲の者は全員、アスランにあきれた視線を向ける。

「バカを言え、アスラン。そんなわけにいくか」

カムイがたしなめ、ウォルフはアスランを突き飛ばすように彼を退けた。その隙にアウルが、カレンを引っ張り出してくれる。

「ジャ～ン！　俺たちの主、カレンだよ」

アウルは、カレンをみんなの前に押し出して紹介した。

一斉に聖獣たちの視線を浴びて、カレンは内心焦ってしまう。

「あ……えっと、その……カレンです！」

慌てて頭を下げるのだが、聖獣たちは誰も反応しなかった。カレンを凝視する視線は強く、一人として動かない。

(私が、アスランたちの主としてふさわしいかどうか見ているの？)

全員に値踏みされているようで、カレンは落ち着かなかった。

「主、かしこまる必要はない」

「そうだよ。カレンは俺たちの主なんだから」

「お前はいつものお前のままでいい」

カムイ、アウル、ウォルフの順で言ってくれるのだが、そんなことが許される雰囲気ではない。

(こんなにガン見されているのに、平常心でいるなんて無理よ！)

落ち着かなきゃと思えば思うほど、カレンは焦った。どうすればよいのかわからずに立ちすくむ彼女を、横に出てきたアスランがグイッと引き寄せる。

「きゃっ！　アスラン」

そのまま長い腕の中に閉じ込められた。逞しい胸と力強い腕が、カレンの体を周囲から隠すように包む。

「見るな」

周囲の聖獣たちに向かってアスランが放った一言に、カレンの体から力が抜けた。

聖獣たちは、ポカンと口を開ける。全員がアスランに注目した。カレンを見ている者は、もう一人もいない。

「カレンは、俺の主で、唯一だ。それ以外の説明はいらないだろう。——ナミル、カレンに対しては、俺に対する以上に敬意を払え。カレンに何かする奴がいれば、誰であろうと、俺はそいつを噛み殺す。みんなにそう伝えろ」

金と黒の髪の男は、ナミルという名前のようだ。アスランの言葉にニヤニヤと楽しそうに笑いながら、彼は「王の御心のままに」と頭を下げた。

「行こう、カレン」

アスランに甘く囁かれ、カレンの心臓はバクバクと高鳴る。

(もうっ、もうっ、アスランったら)

カレンは、ギュッとアスランの腕にしがみついた。

さっきまで怖くてたまらなかった周囲の視線が、今はもうまったく気にならない。アスランが遮ってくれたからだ。彼はものすごく俺さまで、でも、それ以上にカレンを愛してくれている。

彼の優しさに守られ……カレンは、シャンと背筋を伸ばした。

アスランやほかのみんなに、主と呼ばれるに足る自分でありたい。

（だからといって、ただの人間の私に何ができるわけでもないけれど）

それでも、庇われているだけではいられない。

「アスラン、ありがとう。もう、大丈夫よ」

カレンは、顔を上げてアスランを見た。

目を合わせて微笑めば、アスランはカレンを抱きしめていた腕から力を抜いてくれる。

カレンは心配そうなカムイたちに笑いかけ、その腕から離れた。

しっかり前を向いて、ほかの聖獣たちに向き合う。

「これから、よろしくお願いします。……あの、お土産にお弁当を持ってきたんです。ぜひ、皆さんで食べてください」

挨拶くらいきちんとしておかねばならないだろう。そう思っただけなのだが——

「お弁当！　カレン、本当？　ありがとう!!」

カレンの言葉にポーラが飛びついた。

アスランの眉間に再びしわが寄る。

「なんだ？　そのオベントウとやらは」

一人の聖獣が、ポーラに問いかけた。すると彼女は、満面の笑みで答える。

「ものすごく美味な食べ物よ！」

「美味？」

「ええ、一度食べたらやみつきになるの！　カレン、お弁当はどこ⁉」

今すぐにでも食べたそうなポーラの勢いに、ほかの聖獣たちも興味津々だ。

「それは、ぜひ我々もご馳走になりたいですね」

「王の主が用意してくださったのだ。食べねば、罰が当たる」

身を乗り出してくる者もいる。本来、聖獣は何も食べなくとも平気なはずなのに、どうしてこんなに食いつきがいいのだろう？

「え、えっと、確かお弁当は――」

アウルが運んでくれたはずだ。そう思ってアウルを見れば、虹色の髪の青年は、黙って視線をカムイに向ける。

カレンもカムイを見つめた。神事を司る立場にあるシロクマの聖獣王は、苦い顔をしている。

その表情に、カレンは不安になった。

「カムイ、お弁当は？　……まさか、食べちゃったりしていないわよね？」

すると、カムイは大きくため息をついた。

「まだ、食べていない。……このまま忘れてくれていたら、私が全部食べられたのに」

ものすごく残念そうなカムイ。どうやら彼は、持ってきたお弁当をどこかに隠し、あわよくば一人ですべて食べるつもりでいたらしい。

「カムイ！　今すぐここに出しなさい！」

カレンは腰に両手を当て、仁王立ち（におうだ）ちをして声を上げる。

ガックリと肩を落としたカムイは、仕方ないという表情で空間魔法を使い、お弁当を取り出した。

「早くみんなに配って！　もう、カムイは食べすぎよ。あんまり食い意地を張ると、今度からカムイのお弁当は作らないことにするから！」

「主（あるじ）！　それだけは――」

プリプリ怒るカレンと、彼女にみっともなく泣き縋（すが）るシロクマの聖獣王。まあまあと、アウルとウォルフが間に入って、アスランは自業自得（じごうじとく）だと鼻で笑う。

それは、いつものカレンと召喚獣たちの姿だ。

そんなカレンたちを、ナミルたちは、呆気（あっけ）にとられて見つめていた。

いささかばつの悪い思いをした出会いから数時間後。カレンはナミルと一緒に、神を祀る石碑のある神殿の外にいた。カムイやアスランたち聖獣王は、神殿の中で、最初の神事を行っている。

カレンも一度は神殿の中に入り、石碑を見せてもらった。しかし神事はシロクマの祭司と神獣王だけで行われる決まりだというので、終わるまで外で待つことになったのだ。

近くで見せてもらった石碑は、なんとピンク色をしていて、真ん中に召喚陣みたいな模様が描かれていた。厳かな雰囲気の神殿の中で、ものすごく微妙な存在感だ。

(神さまそのものがピンクの光だったから、石碑がピンクでも仕方ないかもしれないけど)

笑い出さないように必死だったカレンである。

神事がはじまる前、アスランはカレンと離れることを最後まで渋っていた。しかし、神事を一つでもさぼったら、帰りはカレンと別行動だと脅されて、しぶしぶ連れられて行った。

そのアスランが、自分の代わりにカレンの護衛をするようにと命じた相手が、ナミルだ。ナミルは虎の聖獣で、操る力は炎。炎の聖獣の中ではアスランに次ぐ二番目の力を持ち、アスランの配下なのだそうだ。

「炎の力を操るのはネコ科の聖獣が多いんだが、ネコは基本的に群れないからな。王、配下という関係があっても、普段は勝手気ままな単独行動。地位は力の順位を表すものでしかない」

そう言って、肩をすくめるナミル。たしかに彼の態度は、アスランに敬服しているという感じではなかった。

それでも、ルキュアスのような儀式の時だけは、アスランは王として振る舞い、ナミルも配下として務めるのだという。

「アスランが面倒くさがりそうなことね」

「ああ。めちゃくちゃ嫌がっている。だから、今回はルキュアスに参加すると聞いて、驚いたものさ。いったい、どういう心境の変化なんだ、ってね」

そう言いながら、カレンの方を意味深に見つめるナミル。

今回アスランがルキュアスに参加することにしたのは、カレンに自分の生まれた聖獣界を見せたいからだ。そのあたりの予測はついているのか、ナミルはニヤニヤと笑った。

王であるアスランさえ大して敬(うやま)っていないナミルだ。カレンに対してもあっという間に態度を崩し、馴(な)れ馴(な)れしく振る舞っている。

変に構えられて敬語を使われるより余程気が楽なので、カレンもそれを受け入れていた。

「まあ、アスランの気持ちもわかるな。こんなに可愛い主(あるじ)である上に、あんなに美味(うま)いお弁当ってやつを作るんだ。守るのはもちろん、いついかなる時も離れずにいたいよな」

お弁当の味を思い出したのか、ナミルは上機嫌に喉(のど)を鳴らして、そう言う。

カレンは、先刻お土産(みやげ)のお弁当をナミルたちが食べていた時の光景を頭に浮かべ、わずかに顔を引きつらせた。

(あんなに気に入ってくれるとは思わなかったわ)

カレンが作ったお弁当は、聖獣たちから熱烈大歓迎を受けた。

「ああ。これこそカレンのお弁当だわ！」

「美味(うま)い！　なんだこれ！」

「スゴイ！　スゴイ！　スゴイ！」

パクパクパクとものすごい勢いでお弁当を食べるポーラやナミルたち。どの種類のお弁当も、あっという間に彼らの胃袋の中に消えていく。

「私の食べているハンバーグと、ナミルの食べているハンバーグは、違うの？」

自分の分以外のお弁当もチェックしたらしく、ポーラはそう聞いてきた。

「え、ええ。ポーラのは、鶏(とり)のひき肉に豆が入ったハンバーグよ。ナミルさんのは合いびき肉で和風の味にしてあるわ」

「そうなのね。そっちも食べてみたいわ」

カレンの答えを聞いて、ポーラが物欲しそうにナミルのお弁当を見る。するとナミルは、残っていた一口大のハンバーグを示して提案した。

「一つ交換するか？」

ポーラは喜んでハンバーグの交換に応じる。

「ああ！　こっちもすごく美味しいわ！」

「本当だ。両方美味い」

喜ぶポーラと、満足そうなナミル。

その様子を見てカレンはほっとし、笑みを浮かべる。

「このすき焼き弁当の味は、絶品ですね。肉だけじゃなく野菜にも味が染みていて、美味しいです」

「ビビンバも美味いです！　人間世界にこんなものがあったとは！」

ほかの聖獣たちも大喜びだ。彼らの食べる勢いは凄まじく、用意してきたお弁当は、瞬く間になくなってしまう。

あまりのスピードに、カレンは頬を引きつらせた。

（いくらなんでも、早くなくなりすぎでしょう？）

当然、彼らはまだ満足していない。はじめてアスランやカムイに料理を作った時も、こんな風だったと思い出す。

「ほかにはないの?」

空っぽになったお弁当箱を悲しそうに見つめ、ポーラが聞いてくる。

すると、カムイが声を荒らげた。

「あんなに食べておいて、何を言う! キレイにたいらげて、一個も残らないなんて……私の分がなかったではないか!」

カムイの怒りは見当違いだ。だいたいカムイたちには、アダラと同じ三日分のお弁当がある。

ポーラたちには申し訳ないが、振る舞えるものはもうなかった。

「ごめんなさい。お弁当はもうないの。でも、あの……最終日には芋煮会を開く予定なので、それを食べてもらえたら……」

カレンの言葉に、ポーラたちは目を輝かせて芋煮会について聞く。儀式に使う聖杯で大量の料理を作るのだと言えば、聖獣たちは大喜びした。

「きっとみんな喜ぶわ」

やっぱり聖水が芋煮に代わっても、問題はないらしい。

それはそれでどうなのだろうと、カレンは苦笑したのだった。

そんなやりとりを思い出したカレンは、あらためてナミルにたずねる。

「あの……聖杯で配るものって、本当に芋煮で大丈夫なんですか？」

するとナミルは面白そうに笑った。

「いいんじゃないか？　要は、聖獣みんなで同じものを口にするってことが、聖水を飲む神事で大切なことだ。だったら、中身は水より美味いものの方がいい。……本当は俺としちゃ、酒の方がいいんだが、酒は酔って暴れる奴が出てくるからな」

気楽そうにナミルは言う。

アウルが酔っぱらって祭壇を吹き飛ばしそうになったという話を思い出して、カレンは引きつった笑みを浮かべた。

しかしそういうことならばと、少しは気が楽になる。

ホッと息をついたところで、ふと〝酒〟という言葉が気になった。

聖獣界に酒はなく、入手手段は人間の召喚に応えた対価として受け取るだけのはずだ。

ナミルも酒を飲んだことがあるということは、人間界と交流を持っているのだろうか。

「ナミルさんは、お酒が好きなんですか？」

カレンの質問に、ナミルは琥珀色の目を少し見開いた。次の瞬間、なんだか泣きたいような笑いたいような複雑な表情を浮かべる。

「……ああ。昔……もう、大昔だが、俺は人間の召喚獣だったことがあるからな」

カレンはびっくりしてしまった。

「召喚獣？　ナミルさんが？」

「ああ。俺がまだうんと若い、ガキだった頃の話だ」

それは百年以上前、ナミルが若い頃は、召喚魔法を使える人間が今よりいたのだという。

「ガキの頃は、俺も弱い聖獣だったからな。簡単に召喚されてしまったんだ」

今でこそ炎の聖獣第二位の力を持つナミルだが、彼は大器晩成型（たいきばんせいがた）。若い頃はめっちゃくちゃ弱かったのだそうだ。それは、簡単に人間に召喚されるくらいに。

「だが、俺は普通だぞ。生まれながらに強い力を持つアスランの方が、異常なんだ。……だからあいつはあんな俺さまになったんだろうな」

ブツブツと言い訳のように言うナミル。

思わぬところで、アスランが俺さまな理由がわかってしまった。カレンはクスリと笑う。

「まあ、いい。ともかく俺は召喚されたことがあるんだが……俺を召喚したのが、酒屋の娘だったんだ。召喚の対価は酒。それで、俺は酒が好きになった」

「えっと、その時、ナミルさんは若い……子供の聖獣だったんですよね？」

かつての自分をガキと称したナミル。そんなに若い頃に、酒など飲んでよかったのだろうか？

ナミルはプッと噴き出した。

「俺の主と同じことを言うんだな。あいつも自分が酒を対価に喚び出したくせに、俺に酒を渡していいのかって心配していた。俺は、聖獣だっつうの。聖獣に未成年も何もあるかよ」

ククククとナミルは笑う。その笑みを見たカレンは、ナミルが彼の主をとても好きだったのだなと感じた。ごく自然にそう思えるほど、優しい笑みだった。だから――

「その主さんは、今は？」

カレンは、何気なくそう聞いてしまう。

その途端、ナミルの笑みが強張った。彼はピタリと笑いを止めて、下を向く。

「あ……あぁ。あいつは人間だからな。とっくの昔に墓の中だろう」

小さくそう呟いた。

――そして、語る。

ナミルが酒屋の娘に召喚されていたのは、十年間くらい。

初対面の時、彼女は十九歳で、ナミルは十七歳。年が近かった二人はすぐに打ち解け、絆を深めていった。

娘が酒を対価にナミルを召喚した理由は、ぎっくり腰になった父の代わりに酒屋の仕事を手伝ってほしかったから。

しかし、娘を気に入ったナミルは、彼女の父親の腰が治った後も、聖獣界に帰らなかった。二人は常に一緒にいて、毎日を楽しく過ごしていたという。

「正式な契約は結ばなかったが、俺はそうしてもいいかなと思っていた」

しかし、十年後、娘は突然ナミルに聖獣界に帰れと言い出した。もう二度と人間界に来ないでほしい、とも。

『私、忘れていたの。ナミルが聖獣で、私が人間だってことを。……出会ってからもう十年経つのに、ナミルは出会った時とあまり変わらないわね。……私は、もうすぐ三十歳になるわ』

娘は泣きそうな顔で、隣町の酒屋の次男と結婚して店を継ぐのだと言った。

「……俺も忘れていたのさ。あいつが、短い命の人間だってことを」

ナミルは自嘲の笑みを浮かべた。聖獣の寿命は三百年ほどだ。対して、この世界の人間は六十年くらい。

二十歳くらいまではほぼ同じスピードで年をとるが、その後、聖獣の成長はほとんど停止する。二百年以上、青年期が続くのだ。

「あいつは、自分だけが年をとり、俺の姿が変わらないのがつらかったんだろうな」

その後、彼女とは会っていないという。

最後の願いで人間界に来るなと言われたのだから、彼女の生末は知りようもない。そう語るナミルは、寂しそうに見えた。

カレンの胸は、ズキリと痛む。彼女には、その女性の気持ちがよくわかった。

（……だって、私も同じだもの）

種族が違うアスランとの恋。

結婚して子供ができるのかどうかを悩んでいたカレンだったが、問題はそれだけではなかった。生きる長さも、年をとるスピードも、人間と聖獣では何もかもが違うのだ。

（私がおばあちゃんになっても、アスランは青年のまま。私はアスランを残して、逝かなくてはならなくて……アスランはその後、何百年も生きるの？）

それは、想像するだけで泣きたくなるような絶望だった。

（私だけじゃなく、きっと、アスランだってつらいわ）

カレンは、ギュッと唇を噛みしめる。

急に黙り込んで下を向いたカレンに気づき、ナミルは話を切り上げた。

「辛気臭い話をしてしまったな。……昔話だ。忘れてくれ」

カレンは小さく頷いたが、とても忘れられそうになかった。

そのすぐ後、神事が終わり、アスランたちが神殿から出てきた。彼は一目散にカレンに駆け寄ってくる。

しかし彼女は、疲れていると言って、アスランから距離をとってしまった。ポーラがカレンのために用意してくれた部屋に、早々に逃げ込んだ。

驚き、呆然と見送るアスランの姿が視界の端に入り、罪悪感に苛まれる。

（……でも、どう接していいのかわからないんだもの）

カレンは、ベッドの上にポスンと寝転がった。

本当に、自分はこれからどうすればいいのだろう。

（ナミルさんの召喚主みたいに、離れた方がいいのかしら……）

アスランと離れると思うだけで、カレンは胸が塞がり、涙がにじむ。見上げていた天井がぼやけてきて、慌てて両手で目をこすった。

（泣いてもなんにもならないのに）

それでも、つらいものはつらい。大きなため息をついて、ごろんとベッドの上を転がる。その拍子に、足元にあった何かを蹴飛ばした。

「ギャン！」

痛そうな鳴き声が聞こえ、カレンはびっくりして足元を確かめる。

そこには、黒い仔犬が蹲(うずくま)っていた。日本の豆柴に似たその仔犬は、器用に前脚で頭を押さえながら、黒い目でジッとカレンを見上げてくる。

「え？　え？　……ひょっとして、ウォルフ？」

聞いてみれば、仔犬はコクンと首を縦に振った。カレンの召喚獣ウォルフが幼体をとっていたのだ。

「勝手に部屋に入って、すまない。お前の態度がおかしかったからな。冷静に話を聞くなら俺が適任だろうということで、代表として来た。……大丈夫か？」

仔犬のウォルフは、ベッドの上にきちんとお座りすると、そう聞いてくる。みんなに心配をかけてしまったのだと、カレンは申し訳なくなった。

ウォルフが幼体の姿なのも、カレンの心を少しでも慰(なぐさ)めるためなのだろう。優しい思いやりに、心が温かくなる。

「ごめんなさい」

「謝らなくていい。……原因も、だいたい察している。余計な話をしてしまったと、ナミルが謝っていた」

　それではみんな――アスランも、カレンが何に傷ついて落ち込んでいるのか、知っているのだ。それはそれで、なんだか恥ずかしい。

「ナミルはみんなでボコボコにしておいた。俺たちの主を悲しませるだなんて、万死に値する」

　可愛い仔犬が、真面目な顔で物騒な発言をする。

　それは困った。ナミルにそういうつもりはなく、カレンが勝手に落ち込んだだけだ。聖獣王四人の手にかかって、ナミルは無事なのだろうか？

　顔から血の気が引いたカレンに、仔犬はフッと笑った。

「心配するな。ボコボコにしたと言っても、ナミルに悪気がないことくらいわかっている。……ほどほどに、止めておいたさ。まあ、アスランは、嬉しそうだったがな。お前が自分とのことを真剣に悩んでくれているとわかって、ナミルをさりげなく庇っていた」

　カレンは驚いて、目を見開いた。

「アスランが……喜んでた？」

「ああ。そこまで悩むからには、お前はアスランの気持ちを受け入れるつもりがあるのだろう？　アスランを真剣に思っているからこそ、苦しみ悩んでいる。……違うか？」

そこまで直球で聞かれれば、頷く以外なかった。確かに、この苦しみも胸の痛みも、すべてアスランを愛しているからだ。

でも、それを喜ばれていると聞くのは、いささか複雑だった。

（もうっ！　アスランったら、人の気も知らないで！）

ムッとむくれれば、黒い仔犬が申し訳なさそうに耳を垂れる。

「安心しろ。ナミルを殴った後で、アスランもみんなで殴っておいた。奴にしては大人しく殴られていたから、少しは悪いと思っているのだろう」

それもまた複雑な話だった。今度は、アスランのことが心配になる。

そんなカレンの様子を見て、仔犬はパタリと尻尾を揺らした。

「……お人好しで、優しいカレン。……俺たちの主。……お前は、そんなに気に病むことはない。お前が人間で、俺たちが聖獣なのは、もう最初から覚悟していたことだ。何もかも承知して、俺たちはお前と主従の契約を――どちらかが死ぬまで切れることのない絆を、結んだんだ」

ウォルフの言葉に、カレンはパッと顔を上げた。

結婚相手としてアスランのことが一番になっていたが、ほかの聖獣王や魔獣王とも契約を結んでいる。彼らのことも、いつか置いていくことになるのか――

カレンの胸に、さらなる悲しみが広がる。

ポテポテとカレンの前にやってきた仔犬は、ベッドの上に座るカレンの膝に短い前脚をのせた。そのまま、つぶらな瞳を彼女に向けてくる。

「自然の理として、お前は俺たちよりずいぶん早く老いて死ぬだろう。……それを思えば、俺たちの心は、引き裂かれそうに痛む。お前を失った俺たちは、ひどく悲しむだろう。アスランなど、おかしくなるほど苦しむかもしれん。……だが、俺たちには〝家族〟がいる」

「家族」と、ウォルフは言った。カレンは、大きく目を見開く。

仔犬の尻尾は、カレンを励ますようにパタパタと揺れた。

「一人で生きてきた俺たち聖獣に、お前が家族というものを——そのぬくもりを教えてくれた。……だから大丈夫だ。もしもお前を失っても、俺たちには、お前が与えてくれた家族がいる」

ウォルフの言葉を聞いて、カレンは幼い頃、両親を失った時のことを思い出す。

あの時、嘆き悲しむ彼女を慰め、支えてくれたのは、祖父だった。そして同時に、息子夫婦を失った祖父を支えたのは、カレンだったのだろう。

家族の死は悲しい。でも、その悲しみを分かち合い、慰め合える家族がいるのなら……

「俺たちは大丈夫だ。どんなことがあっても、支え合い、乗り越えていける。そして、お前のことは、俺たちが全力で支える。俺たちと——アスランと生きることで、お前が悲しんだり苦しんだりするのなら、その悲しみから俺たちが全力で助けてやる。ずっとそばに一緒にいて、お前と共に苦難を乗り越える。……だから、お前は、安心して俺たちと家族でいろ」

カレンが見つめると、小さな仔犬は胸を張り「ワン！」と吠(ほ)えた。その姿は堂々としていて、可愛らしくも頼もしい。

カレンは、顔をクシャリと歪(ゆが)めた。涙がポロポロこぼれてくる。

（……私には、家族がいる）

一人で悲しみ苦しまなくとも、一緒に悩み乗り越え、支えてくれる家族がいるのだ。

「ありがとう。……ウォルフ、みんな」

カレンの膝の上にのった仔犬は、舌を伸ばし、カレンの涙をペロリと舐(な)めた。

「泣くな」

「うん。うん。……ありがとう」

カレンはギュッと仔犬を抱きしめる。

「役得だな」

しばらくして、ウォルフは嬉しそうに言った。

「……もう、ウォルフったら」

カレンはようやく泣きやむ。腕の中の仔犬は温かく、カレンの心を癒してくれた。

もう一度頬を舐められて、カレンはくすぐったさに笑う。仔犬は、満足げな顔をした。

「ああ、そうだ、カレン。今の話は、お前に『アスランのプロポーズを受けろ』と言っているわけではないからな。お前が誰と結婚しようと、俺たちの態度は変わらないし、俺たちの絆も切れない。……うん。むしろ、あんな俺さまなクソネコはやめておけ。俺の方が数倍イイ男だし、おすすめだ」

真面目な顔で、そんなことを言い出すウォルフ。

「え？」

きょとんとしたカレンの口を、仔犬がペロリと舐める。カレンが驚いて見下ろすと、仔犬はニヤリと笑った。

「え？　え？　え？」

カレンが呆然とした途端——

「ウォルフ！　きさま！　何をしている！」

バン！　と扉が開けられて、アスランが部屋に飛び込んできた。彼はカレンの腕の中にいた仔犬をグイッと掴むと、ポン！　と放り投げる。

空中で身軽に一回転した仔犬のウォルフは、キレイに着地すると、そのまま人間の姿に戻った。

「何をする？」

パンパンと服のほこりを払いながら、落ち着き払ってウォルフが言った。

「『何をする』じゃない！　黙って見ていれば、きさまこそ、ドサクサに紛れて何をしているんだ！　カレンを慰めるだけのはずだろう！」

「ドアの隙間から覗き見とは、趣味が悪いな」

「ムッツリスケベをカレンと二人にしておけるはずがない！」

どこまでも冷静なウォルフと、毛を逆立てる勢いで怒るアスラン。

アウルとカムイまで部屋に入ってくる。

「そうそう、抜け駆けはズルイよね」

「主、大丈夫か？　ハンカチを水で濡らしたから、これで口を拭くといい」

カレンは戸惑いつつも、カムイからハンカチを受け取った。

「ムッツリスケベとは、ヒドイ言い草だな」

そんなふうにウォルフが文句を言う。

「事実だろうが！　カレンは俺のものだ！　誰にも触らせない」

アスランは、ギュッとカレンを抱きしめた。

「カレン、やっぱりこんな狭量な男はやめて、俺にしない？」

カレンにパチリとウインクを送ってくるのは、アウル。

「それより、主、お腹は空かないか？　我らはともかく、人である主は食事をしなければならないからな。冷温保存しておいたサンドイッチを出すか？」

カムイは心配そうに聞いてきた。気遣いは本物ながらも、自分もカレンの食事のお相伴にあずかろうと思っているのは、間違いないだろう。

カレンは――クスクスと笑い出した。

いつもと変わらぬ彼らの様子に、悩みもどこかに飛んでいく。

（賑やかで、優しい、私の家族）

彼らがいれば、どんな悲しみも乗り越えていけるに違いない。そう信じることができた、カレンだった。


その翌日、カレンはアスランと二人で、聖獣界のあちこちを見て回った。昨日の今日で多少気恥ずかしくはあったのだが、約束だからとアスランは強引に誘ってくる。

「アスランが出なきゃいけない神事もあるんじゃないの？」

「カレンとの約束以上に大切なものなんて、何もない」

実際は、カムイたちがなんとかやりくりしてくれたらしい。いつもは文句を言うナミルも、昨日の件で罪悪感があるせいか、積極的にアスランの代理を引き受けてくれたという。

「行こう、カレン」

差し出されたアスランの手を拒むことなど、カレンにはできない。

二人は、聖獣界の空へと飛び立った。

そして、アスランと巡った聖獣界は、とても美しかった。

険しくそびえ立つ山脈に、どこまでも広がる緑の草原。神秘的な湖に、滔々と流れる大河。

当たり前だが、人間の手がどこにも入っていない大自然が、見渡す限り広がっている。

ここは昼寝に最適なのだと案内された大岩や、水浴びにもってこいだという深い滝壺。

ほかの聖獣との力比べの最中に、アスランがうっかり焼け野原にしてしまったという荒涼とした大地でさえも、美しさがある。そこにポツリポツリと生えはじめた草に、カレンは自然の逞しさを感じた。

アスランの背に乗ったり、彼にお姫様抱っこをされたりして、カレンは聖獣界を移動する。

「まだまだ見せたい場所がたくさんあるのに、時間が足りないな」

アスランはカレンを横抱きにしながら、そう呟く。

「……また今度、見に来ればいいわ」

次を約束するカレンの言葉を聞いて、アスランは彼女を抱く手の力を強めた。

「ああ、そうだな。……カレン、ずっと一緒だ。たとえどんな未来が来ようとも、俺はお前のそばにいたい」

それは、カレンも同じ気持ちだった。種族や流れる時間の違いを超え、ずっとアスランと一緒に生きていきたい。傍らにアスランがいない暮らしなど、もう考えられない。

アスランの腕の中でカレンが頷けば、彼は嬉しそうに笑う。

スッと顔が近づいてきて、カレンは目を閉じる。

聖獣界の上空を飛びながら、カレンはアスランの口づけを受けた。

そして、ルキュアス最終日の三日目。カレンは大忙しで働いていた。

「ウォルフ、お芋をもう少し出して」

「アウル、長ネギをもっと切って」

「アスラン、鍋の温度を高めに保って」

「カムイ、鍋底が焦げないように、しっかりかき回してね」

直径六メートルはあろうかという石鍋——もとい、聖杯で、カレンは料理中だ。

まずカムイの水の力で聖杯を洗った後、それでお湯を沸かし、食材を次々とアスランの炎の力で煮た。思っていた以上に大きかったので、準備していた材料では足りず、追加しながら進めていく。聖杯の脇には、聖獣の本体に戻ったカムイがいて、大きな木の板で鍋をかきまぜていた。

（なんだか、温泉の湯もみみたい）

どしんと座った巨大なシロクマが、板で鍋をかきまぜる姿は、なんともいえず愛嬌がある。

その姿に和みながら、カレンは、やはり本体に戻ったポーラの肩に乗り、高い位置から鍋の様子を見ていた。

酒や醤油、砂糖をドバドバ入れては味見を繰り返し、テキパキと指示を出す。カレンのその姿に、周囲の聖獣たちは、呆気にとられていた。

「あれが、聖獣王さまたちの主さまか？」

「普通の人間に見えるのに」

「スゴイ、あのカムイさまを顎で使って」

「気まぐれなアウルさまも思いのままだ」

「ウォルフさまも反論なさらず従っている」

「いや、それより、今まで誰の命令も聞いたことのないアスランさまが、嬉しそうに言うことを聞いておられるんだぞ！」

驚愕のざわめきが、聖杯の周囲から広がっていく。しかし、残念なことに当のカレンは、そんなことには少しも気づかなかった。

「こんなものかしら？　アウル、上から小さな鍋に芋煮を汲んでみて」

「ハイハイ！　カレンの望みのままに」

鵬の本体に戻ったアウルは、ロープで縛った鍋を聖杯の中に垂らして、芋煮を汲む。そのままカレンのそばの大地にそれを下ろした。彼女はポーラの肩から下りると、鍋に近づき芋煮を一杯分よそう。

それを、近くで見ていたナミルに差し出した。

「あ？」

ナミルはキョトンとする。

「カレン！　なんでナミルなんかに最初の一杯を食べさせるんだ!?」

火加減を見ながら、アスランが大声で文句を言った。

「そんなの、みんながナミルさんをボコボコにしたからでしょう！　寄ってたかって殴るなんて、いくらなんでもひどいわ。だから、お詫びの意味と……それに、ナミルさんは人間界にいたことがあるから、芋煮みたいな汁物を食べたことがあるでしょう？　味見を兼ねて、食べてほしいの」

そう言ってカレンは、お椀をナミルに渡した。ナミルは戸惑いながら、手の中のお椀とカレンの顔を交互に見る。

「……俺が人間界で汁物を食べたのは、百年も昔のことだぞ」

「ええ。だから、味付けなんかはまったく違うと思います。でも、百年前にもお芋はあったと思うから」

食べて少しでもそれを懐かしんでくれたらと、カレンは思ったのだ。

彼女にまっすぐ見つめ返されて、ナミルはそっとお椀に口をつける。汁を一口飲み、木のさじで芋をすくって、口に入れた。目を閉じて味わい、「ああ」と呟く。

「美味い。今まで食べたどんなものより、美味いな。いや、もちろん、一昨日のお弁当も美味かったけれど……ああ、そうだな。芋は、同じだ。あいつが食べさせてくれた芋と……同じもの」

しばらく、何かを思い出すかのようにじっとしていたナミル。彼はやがて目を開け、カレンに「ありがとう」と告げた。

カレンは、花が咲くように笑う。

「よかった！　さあ、みなさん、たくさん食べてください！」

カレンの呼びかけに、周囲から大歓声が上がる。聖杯の中の芋煮が順番に配られ、聖獣たちに渡っていった。

「美味（うま）い！」

「ホントだ、美味（うま）い！」

「俺、こんな美味（うま）いもの食べたことがない！」

そんな声が、そこかしこから上がる。

芋煮は、大喜びで受け入れられた。大きな聖杯いっぱいにあったものが、みるみるうちに減っていく。

あんまり勢いよくなくなっていくから、カレンはちょっと焦った。

そこで――

「クソッ！　我慢できん。このままでは、また私の分が残らなくなってしまうではないか」

そう叫んだカムイが、ドロンと人型に戻り、勝手に鍋から芋煮をよそって食べはじめる。

「うわっ！　カムイ、ズルイ！　俺だって食べたいのを我慢しているのに！」

「まったくだ。だいたい我らは人間界でさんざん味見をしてきただろう」

アウルとウォルフが怒ったが、一度食べはじめたカムイは止まらなかった。

「ウム。美味(うま)い！　人間界で食べた時とはまた違う美味(うま)さだ。まあ、これだけの大鍋で煮(に)るのだから、味が違うのも当たり前か」

冷静に味を分析するカムイ。それを聞いたアスランも、我慢ができなくなったらしい。

「本当か？　よし、俺も食べるぞ！」

「ああ！　アスランまで。……俺も、俺も食べる！」

「きさまらは……クソッ、俺も食べる」

アウルやウォルフまで参加して、結局、芋煮はセルフサービスになってしまう。呆気(あっけ)にとられるカレンに、先に食べていたポーラがそっとお椀(わん)を差し出した。

「みんなで食べるのが美味(おい)しいのよね？」

その通りである。フッと脱力したカレンは、ありがたくお椀(わん)を受け取った。

コクリと芋煮を口に含めば、温かさが体に染みわたる。

「……美味(おい)しい」

本当に、美味しかった。ポーラと微笑み合い、並んで芋煮を食べる。

大盛況の芋煮会は、聖杯が空になるまで賑やかに続いた。


そして月が輝きを増し、夜の帳が下りる頃、最後の神事が行われる。

カムイを先頭にアスランたち聖獣王が続き、後ろに多くの聖獣たちが整然と並んだ。

扇状に整列した彼らの視線の先は、山頂の神殿だ。

「神殿の中の石碑から、神の力が溢れるんだ」

力は光となり、聖獣界をあまねく照らし、祝福を与えるのだという。

カレンは獣体となったアスランの前脚の間で、彼の話を聞いていた。

こんなに前に並んでいいのかと周囲に問いかけたのだが、芋煮を気に入った聖獣たちは、誰一人としてカレンの位置に文句を言わない。

「まるで手足のように聖獣王をこき使っておいて、今更何を言っているんだ？」

アスランの後ろで、巨大な虎の獣体になったナミルが、あきれたようにため息をこぼした。

カレンはグッと言葉に詰まる。料理中の行動はすべての聖獣に見られている。そうでなくとも、聖獣王の主であるカレンに対し、文句を言える聖獣などいない。

複雑な心境で前を向けば、そのタイミングでカムイが「神がいらっしゃる」と呟いた。

慌てて顔を上げれば、山頂の神殿からピンクの光が溢れ出すのが見える。夜空にそびえる霊峰から、まるでご来光のように荘厳な光が放たれはじめた。

（……やっぱり、そうよね）

カレンは、ちょっと複雑な気分になりながら、ピンクの光に納得する。

地球からこの世界へトリップした時に、カレンはこの世界を作った神と会った。その時見た神は、ピンク色の光の玉のような姿だった。そのため、石碑から溢れる光の色もピンクだろう、とカレンは思っていたのだ。

（ピンク……ピンクね）

白とか、せめてもっと落ち着いた色の方がいいのではないかと、カレンは思ってしまう。しかし、色さえ気にしなければ、とても神々しい光景だった。

聖獣たちは――アスランでさえも、みな頭を下げている。

（私も頭を下げた方がいいのかしら？）

どうしようかと迷うカレンのもとに、ピンクの光が届いた。

カレンに触れたピンクの光は、その場でキラキラと瞬きはじめる。そしてクルクルと回って、カレンの体を包んだ。

「へ？」

マヌケな声で驚くカレンと、息を呑むアスランはじめ聖獣たち。

『カレン、私の名づけ子。……幸せかい？』

深い響きを持った声が、聞こえてきた。この世界に落ちた時に聞いた、ピンクの神の声だ。

心配そうな優しい声に、カレンの心は温かくなった。

「……はい」

カレンは、しっかり頷く。

異世界に落ち、それまでの人生と、名前まで捨てることになった。しかし、カレンとして落ちたこの世界で、新たな家族とお弁当屋という仕事を得た。そして、アスランという愛しい存在も。

これからの未来に不安は多いけど……カレンは、幸せだ。迷うことなくそう思える。

彼女の答えを聞いたピンクの光は、嬉しそうに明滅した。

しかし――

「私は幸せですから、安心してください。それより、神さまはしっかりメンテナンスをしてくださいね」

続けられたカレンの言葉に、ピンクの光は空気が抜けた風船みたいにプシューと彼女の足元に落ちる。

『あはは……元気そうだね、カレン。嬉しいよ』

乾いた笑い声を、ピンクの光は発した。

ニコニコ笑うカレンと、ちょっといじけたように彼女の足元でわだかまり、波打つピンクの光。

アスランたちは、目を丸くしてその様子を見ていた。

――この日以降、聖獣界に新たなレジェンドが誕生する。レジェンドの名は、カレン。四体の聖獣王を従え、神をも恐れぬレジェンドの逸話は、瞬く間に聖獣界に広まったのだった。

第五章　「魔界へ行こう」

結局カレンたちが人間界の我が家に帰り着いたのは、その日の夜遅くだった。

「明日――ううん。もう今日かしら。お店をお休みにしてよかったわ」

ルキュアスの三日間は、この国の休日とちょうど重なっていた。

しかし、不測の事態で帰りが遅くなる可能性を考えたカレンは、大事をとって翌日も店を休みにしていたのだ。

お弁当が普及し、今では、カレンの店以外にもお弁当屋が王都に数店舗できた。そのためカレンは、安心して休暇を取れる。

「ルーカスさんも、ミアムと一緒に住むようになって、お弁当を作ってもらっているし」

家庭でお弁当を作る人も順調に増えている。子供から大人まで、お昼にお弁当を食べることは、王都の常識になりつつあった。

「でも、やっぱりうちのお弁当が一番だって言ってくれる人も多いから、手は抜けないんだけど」

「当たり前だ。……ここだけの話、ルーカスも週に一度はカレンの弁当を食べたいと言っていたぞ」

アスランの言葉に、カレンはフフッと笑う。

太りやすい体質のミアムは、ヘルシーな食事を作ることを心がけているらしい。彼女の作るお弁当は、騎士のルーカスには物足りないこともあるのだろう。カレンの店では、大きさや量を変えたお弁当を数種類出しているのだが、ルーカスが頼むのはいつでも一番大きいお弁当だ。

「今度、ルーカスさんに注文してもらった時には、好物の鶏の唐揚げを大盛りにするわね」

すると、クスクス笑いながら、カレンはみんなと家に入る。

家の中は真っ暗だった。魔獣であるアダラは、夜目がきくため、灯りをつけずにいることも多い。

「ただいま。アダラ」

カレンは控えめに声をかけた。

しかし――返事はなかった。

「なんだ？　あいつ、寝ているのか？」

「アダラにしては早い就寝だね」

怪訝そうに首を傾げるウォルフに、アウルが同意する。普段のアダラは、翌朝が早いから早く寝るようにと言っても、なかなか寝ない。日付けがかわるかどうかの時間に寝つくことなんて、滅多になかった。

「もし起きているのなら、主が帰ってきたというのに顔も見せぬとは、けしからん」

ランプに火を入れながら、カムイは顔をしかめた。

カレンの家のランプはただのランプではなく、聖獣の魔法の力で光を増幅させる特別仕様のものだ。明るく照らし出された部屋の中は、ガランとしている。

カレンは、ブルリと体を震わせた。

「あんな奴、放っておけ。それよりカレン、ハーブティーを淹れよう」

相変わらずマイペースなアスランは、食器棚からティーセットを取り出す。

「そんなわけにいくか」

カムイはズカズカと二階に上がっていった。

「カムイ！　いいわよ。そんな――」

慌ててカムイを止めようと、カレンも後を追う。しかし、階段の一段目に足をかけたところで、どこか焦った様子でカムイが戻ってきた。

「アダラがいない！」

と言うのだ。

カムイはそう叫んだ。

「え？　いないって？」

「部屋の中にいないんだ。それで家中を魔法で探査したが、反応がなかった」

カムイは、聖獣の力を使いアダラの気配を探ったらしい。それでも見つからなかった

カレンはあまりの出来事に一瞬呆けてしまった。

階段に足をかけたまま、動けなくなってしまう。

「あいつ、逃げたのか？」

カムイの声を聞いてやってきたアスランが、鋭い声を上げた。

「いや、それはないだろう？　アダラは正式にカレンと主従契約を結んでいる。逃げて

どうするというんだ？　あと、逃げる理由もない」

続いて顔を覗かせたウォルフが、冷静にアスランの言葉を否定する。

「そうそう、単にフラフラ夜遊びしているだけだよ。カレン、心配なら喚んでみれば？」

アウルは最後に顔を出し、たいして心配している様子もなく、あくびをしながらそう

言った。

アダラはカレンの召喚獣だ。カレンが召喚すれば、必ず応えるようになっている。

「そうか、そうよね」

カレンは、ハッと我に返った。

すぐに、アダラを召喚しようと、アダラの召喚陣を空中に描いた。

「帰ってきなさい！　アダラ！」

力を込めて名前を喚ぶ。神様に与えられた力を持つカレンならば、これで十分のはずだ。

それなのに――一瞬光った召喚陣は、あっという間に光を失い、消えてしまった。

「え？　これって……」

カレンは驚き、呆然とする。召喚魔法を失敗してしまったのだろうか？

たずねるように見れば、カムイは厳しい表情で、唇を引き結んでいた。アスランたちも顔を強張らせて、召喚陣が消えた空中を睨んでいる。

「……これは、召喚される者に魔法が届かなかった時の、陣の消え方だ」

低い声でウォルフが教えてくれた。

「魔法が、届かなかった？」

「召喚魔法の届く範囲にアダラがいないということだよ。……カレンの魔法は強い。カレンの喚び声は、人間界だけじゃなく、聖獣界の隅々まで届くんだ。それが届かなかったということは――」

いつもの陽気さを忘れたような、アウルの暗い呟き（つぶや）が途切れる。カレンは、大きく目を見開いた。

「存在がなくなったということだ。……アダラは、死んだのかもしれない」

重々しくカムイが告げる。

カレンの足から、スッと力が抜けた。倒れかけた彼女を、アスランが抱きとめる。

「……嘘よ」

震えながらカレンは呟く（つぶや）。血の気が引いていき、目の前が暗くなった。

「カレン！」

アスランが必死の表情でカレンを揺さぶってくる。

「大丈夫！　あくまで可能性の話だ。あのアダラが簡単にくたばるはずがない！」

アスランは、大声でそう叫んだ。

「しっかりしろ！　カレン！」

カレンの体は、ガタガタと震える。

「カムイ！　……もう、あんまり変なことを言うなよな。カレンが驚くだろう。……そんな、縁起でもない。アダラみたいな嫌われ者は長生きするって、相場が決まっているんだ。殺したって死ぬものか！　そう思うだろう？　ね、カレン」

アウルはことさら明るく、カレンに話しかけてきた。一方で、剣呑(けんのん)な視線でカムイを睨(にら)みつけている。

カムイは、焦って「すまない」と謝った。

ウォルフが大きなため息をつく。

「ともかく、異常事態だということは間違いない。緊急事態であることも。急いでアダラを探そう」

カレンたちは場所をリビングに移して、今後の方針を話し合いはじめる。

調べてみれば、冷蔵魔法のかかった箱に入っていたアダラの三日分のお弁当は、一日分しか食べられていなかった。一昨日(おととい)の夜か昨日の朝から、アダラはいなくなったようだ。

それ以外の手がかりがないとわかると、ウォルフはよしと声をかけた。

「手始めに、王都の中をカムイとアウルと俺で手分けして探そう。アスランは、カレンと家で待機だ。俺たちの経過報告を受けて、その後の指示を出してもらう。……アダラがひょっこり帰ってくるかもしれないしな」

ウォルフは安心させるように微笑みかけてくれる。

カレンは、ようやく少し落ち着いた。焦ってパニックを起こしても、何も得られない。

冷静になって考えて――

「家で待機するのは、私一人で大丈夫よ。アスランも捜索に加わって」

そう頼んだ。たちまちアスランは渋い顔になる。

「何が起こっているのかわからないんだ。カレンを一人にするのはダメだ」

心配性なアスランは、カレンのそばにいると頑固に主張する。

「大丈夫よ。私は家から絶対出ないわ。この家の中なら、安全でしょう？　何かあれば必ずみんなを喚ぶし……だから、お願い、アダラを早く探してあげて」

カレンの家は、聖獣の力を使った結界により守られている。どんなものも、家人が招いたり持ち込んだりしたもの以外、入ってくることはできないのだ。

カレンの頼みを聞き、アスランは大きく顔を歪めた。舌打ちをするが、最終的にはカレンの言葉に従ってくれる。

「結界を強化しておく。カレン、絶対外に出るなよ！　たとえ、アダラが現れて、外からお前を呼んだとしても、まず俺たちの誰かを喚ぶんだ。偽者かもしれないし、アダラが操られている可能性もある。お前はお人好しで騙されやすいからな」

くどいほどに言い聞かせてから、アスランたちはアダラの捜索に行った。

一人残ったカレンは、落ち着かなくて、うろうろと家の中を歩き回る。気を抜けば、すぐカムイが言った『死んだのかもしれない』という言葉が脳裏によみがえった。

フルフルと、頭を横に振る。

「そんなこと、信じないわ！」

ジッとしていられず、カレンは、家の中の捜索をはじめた。アダラが家にいないのはわかっているが、何か手がかりを見落としているかもしれない。

あちこち調べ、最後にアダラの部屋に足を踏み入れた。アダラの部屋は、ベッドが一つ置いてあるだけで、ガランとしている。まるで生活感がなく、カレンはここに本当にアダラがいたことさえ夢だったのではないかと思い、不安になってしまう。

そう言えばアダラは以前、よく眠れていないようだった。コーヒーをハーブティーに変えたり、アロマテラピーをしたりしたことにより不眠が解消したため、理由は聞かなかったのだが、何か心配事があったのかもしれない。

（あの時、きちんと話を聞いていれば、こんなことにならなかったのかしら）

後悔に苛（さいな）まれながら、カレンは部屋の中を隅から隅まで見回す。

「……え？」

しばらくして、部屋の片隅に何か黒いかたまりがあることに気がついた。近づいてよく見れば、それは黒いボールだ。

「なんで、こんなところにボールが？」

不思議に思って首を傾げる。あのアダラが、ボール遊びをするだろうか？

ジッと眺めていると、何かが心にひっかかった。

「なんだか、どこかで見たようなボールよね？　どこで見たのだったかしら？」

余計な物の一つもないアダラの部屋にあった、黒いボール。とても不自然で、嫌な感じがした。

それをジッと見つめて……やがて、カレンはハッと思い出す。

「これって、イエフィくんがいじめに打ち勝った日に、空き地に落ちていたボールじゃない？」

アダラと仲良くなった人間の少年イエフィ。彼を見に空き地へ行ったカレンたちは、結局アダラに見つかって逃げ出す羽目になったのだが……その時、アダラが黒いボールみたいなものを拾ったのだ。同じようなボールはどこにでもあるが、カレンの直感は、目の前のボールがあの時アダラが拾ったものだと言っている。

そして同時に、聖獣界に旅立った日に振り返ったアダラの部屋の中で、コロリと転がった黒いものも思い出した。カレンを妙に不安にさせた、黒いボールのような何かがあったのだ。

その二つは、間違いなく同じもの……このボールだろう。

カレンの胸の鼓動が、ドクドクと鳴った。頭がボーッとして、上手く働かない。

カレンは——気づけば、そのボールに手を伸ばしていた。吸い込まれるように近づき、指先で触れる。

その瞬間、ボールから、ブワッ！　と黒い霧が噴き出した。

「え⁉」

霧は風を起こしながら渦を巻き、カレンの体はその渦に引き込まれる。

（まずい！）

そう思ったと同時に、カレンの足が床から離れた。黒い霧が体を包む。

「え？　え？　え、えぇぇぇ⁉」

たちまち、何も見えなくなった。カレンは完全に霧に包まれ、一体化する。その後、噴き出した時と同じ勢いで、黒い霧はボールに吸い込まれてしまったのだった。

「このバカ！　なんで来た！」

ヒドイ罵声が聞こえて、カレンの意識が浮上する。どうやら彼女は、わずかな間、気を失っていたらしい。

目を開け、ぼんやりと周囲を見回した。そこは、見知らぬ部屋。窓がなく、ベッドとテーブルが一つ置いてある。床は木でできていて、カレンはそこに倒れていた。

（アダラの部屋……じゃないわね）

床に手をつき、上半身を起こしながら、カレンはテーブルをジッと見る。

テーブルの上には、水槽があった。金魚を数匹飼う時に使うようなサイズの水槽だ。

ただその中には水がなく、魚もいない。入っているのは、ニョロリとした黒く細長い蛇である。

カレンはドキッとし、腕に鳥肌を立てた。カレンは蛇が苦手である。細くクネクネとした動きを見ると、心臓が縮み上がる気がするのだ。

「な、なんで蛇？」

カレンは、慌てて目を逸らそうとした。

その時――

「お前はどうしてそんなにホイホイ捕まるんだ！　マヌケにもほどがあるだろう！」

水槽の方から声が聞こえてきた。しかも、その声には聞き覚えがありすぎる。

驚いたカレンは立ち上がり、蛇の恐怖も忘れて水槽に駆け寄った。黒い蛇が怒ったように頭を持ち上げ、赤い舌をチロチロ出して威嚇している。

その蛇以外、水槽に生き物はおらず、部屋の中にも誰もいない。今の声は、この蛇が出したものなのだろうか。

「バカ！　阿呆！　マヌケ！」

蛇が毒舌を振るう。その声は――

「……ひょっとして、アダラ？」

まさかと思いながら、カレンは蛇にそうたずねる。

「ほかに誰がいる。なんだ、お前は俺を探している途中に捕まったのではないのか？」

不思議そうな蛇の声。間違いなく、アダラだ。闇を操る龍の魔獣王であるアダラ。どうやらこの蛇は、彼の幼体の姿らしい。

（そういえば、そんな話を聞いたことがあったけど……まさか姿を見ることになるなんて）

カレンはブルッと震えた。同時に、安堵する。

アダラは、死んでいなかったのだ。それが、何より嬉しい。

ドッと力が抜けたところで――先ほどのアダラの言葉にひっかかりを覚えた。

「確かに、私はアダラを探していたんだけれど……捕まった？」

「そうだ。最低最悪の捕まり方だ。いったいほかの奴らは、お前を一人にして、何をやっているんだ!?」

アダラは、イライラしながらとぐろを巻く。それを見たカレンの背中に、寒気が走った。できれば、とぐろを巻くのはやめてほしい。

「私は、捕まったの？　いったい、誰に？　ここはどこ？　アダラこそ……もしかして、捕まっているの？」

気になったカレンは、矢継ぎ早に質問した。

蛇のアダラが、大きなため息をつく。小さな頭が水槽の底に這いつくばった。

「何もわからずに捕まったのか。……ハァ、まったく。いいか、ここは魔界だ。お前も俺も、魔獣に捕まったんだ。ついでに言えば、俺は能力をすべて封じられている」

心底不本意そうな声が、水槽から響いてくる。

カレンは、驚いて口をポカンと開けた。

「魔界？　なんで？　どうして？」

そんな話は、信じられなかった。

だって、つい先ほどまで、カレンは人間界にある自分の店にいたのだ。家から一歩も外に出ていない。

「そんなこと、ありっこないわ！」

「嘘だと思うのなら、アスランでもカムイでも、誰でもいいから召喚してみろ。ここは魔界だからな。いくら喚んでも、奴らは来られないはずだ」

魔獣のアダラは聖獣界に行けなかった。同じように、聖獣は魔界に来られないのだそうだ。その話を聞いて、カレンは慌てて空中にアスランの召喚陣を描いた。

「来て！　アスラン！」

大声で叫ぶ。しかし、いつもなら即座に現れるはずのアスランが現れない。そればかりか、召喚陣がばふんっと消えた。

カレンは、呆然とする。細い蛇は、ユラユラと尻尾を揺らす。

「……お前、ひょっとして、黒いボールに触れたのか？」

そう言われて、カレンはハッとした。

慌てて、ボールに触れた自分の指先をジッと見る。

そんな彼女を見て、蛇はもう一度大きなため息をついた。

「あれは、虚空を操る黒豹の魔獣王シャガが生み出したボールだ。魔獣は人間界に来ることができない。しかしシャガは、魔界から人間界ににじみ出る空気を集めた魔界の疑似空間を、人間界に作り出すことができるんだ。その疑似空間を凝縮したのが、お前が触れた黒いボール。シャガは、ボールを介して、わずかだが人間を操ることもできる」

直接操るほどの大きな影響を与えるのは無理だが、ボールに触れた人間の気分を落ち込ませたり、悪意を吹き込むことができるのだという。

「イエフィをいじめていた子供も、どこかで黒いボールに触れたのだろう。シャガの影響を受けていた。黒いボールの厄介なところは、人間が触れた瞬間、実体のない黒い霧となるところだ。それが、影響を受けた人間だけじゃなく、その周りにも同じ影響を及ぼす。だからイエフィへのいじめは大きくなり、最終的にはイエフィ自身も影響を受けてしまった」

　悪意を向けられた人間の感情は、負の方向に向かいやすい。怒りと悲しみが、正常な心を蝕むのだ。

「ただ、シャガの力は万能じゃない。魔界から振るうことができる力は不安定で、人間の心さえしっかりしていれば、霧を払うことも可能だ。だからイエフィも、いじめに打ち勝つことができた。同じ霧から生み出された負の感情は、誰かがその影響を断ち切れば、黒い霧と一緒に固まり、その場に落ちる」

　イエフィがいじめに打ち勝ったことで、彼と彼をいじめていたほかの子供たちについていた黒い霧は、ボールと化した。誰かがもう一度黒いボールに触れない限り、彼らが再びシャガの影響を受ける心配はない。

　今回カレンが黒いボールに触れた際は、彼女を攫う力が発動しただけで、心を操る力は発動していないそうだ。それを聞いて、カレンは胸を撫で下ろす。

「俺はそれまで、イエフィへのいじめの裏にシャガの力が働いているんじゃないかと疑っていた。ただ、なんとなくそう思っていただけで……つまり、勘だ。確証はなかったし、あったとしても俺がどうこうできることじゃないからな。放っておいた」

しかし黒いボールを見てはじめて、疑いが確信に変わったのだとアダラは話す。

「ボールは別に、そのままにしておいてもよかったんだが、あの空き地はイエフィが頻繁に立ち寄る場所だからな。……なんとなく拾って、俺の部屋で封印しておいたんだ」

たいした力はないシャガの黒いボールだが、放っておけば、再び弱い心の人間に憑りつき、悪さをするかもしれない。

アダラは、イエフィが心配だったのだろう。黒いボールは、魔獣のアダラにはなんの影響も与えない。そのため、軽い封印を施しただけで、部屋に転がしておいたのだそうだ。

「なのに、いったいどんな手を使ったのか……シャガの奴、あのボールを通じて力を送り込み、魔界に俺を喚び戻したんだ！」

何も警戒していなかったアダラは、呆気なくシャガに捕まり、無理やり幼体の姿に封じられたという。そして、この水槽に閉じ込められたそうだ。

その時のことを思い出したのだろう、蛇はシューシューと息を吐き、怒りを表す。そのまま内側から水槽に体当たりをした。水槽はビクともせず、ガラスに当たったアダラが水槽の中でぺしゃりと崩れ落ちる。

「アダラ！」

「クソッ！　何が腹が立つって……俺はまだ、お前の弁当を一日分しか食べていなかったんだ！　残りの二日分は、もう、絶対、カムイに食べられているだろう！」

おどろおどろしくアダラが叫んだ言葉に……カレンは、がっくりと脱力した。

蛇は、悔しそうに水槽内を動き回る。カレンが思っていたより、アダラは彼女のお弁当を気に入ってくれているようだ。

「お弁当なら、また作ってあげるわよ」

「お前がここに閉じ込められていて、どうやって作るっていうんだ⁉」

アダラはますます激昂する。確かに、彼の言う通りだ。

そもそも、問題はお弁当を作れるか否かではないだろう。しかし、今のアダラにとってはそれが一番の問題のようだ。

「シャガの奴、いったい何を考えているんだ！　人間界に来てからずっとシャガのことが気がかりだったが、まさかこんなことをしでかすとは！」

水槽内を、ご立腹中の蛇がグルグルと回る。見ていたカレンの方が、目が回りそうになった。

「ちょっ、ちょっとアダラ、落ち着いて」

「これが落ち着いていられるか！」

　アダラが叫ぶ。

　これ以上グルグル回る蛇を見ていられず、カレンは目を瞑った。視界が遮られ、彼女はやっと落ち着いてくる。

「……ひょっとして、アダラはそのシャガって魔獣が気になって、眠れなかったの？」

　今の話からすれば、アダラは元々シャガの力や、その力が人間界に及ぼす効果を知っていたようだ。知っていたが、その脅威をカレンたちに伝えることができずに、アダラは悩んでいたのかもしれない。

　カレンが目を開けると、蛇はピタリと動きを止めた。

「……シャガは、かつての俺と同じだ。魔獣が人間界へ自由に行けるようになることを目指している。俺はたまたまわずかな歪みを見つけ、神の隙をついて人間界に渡ったが、置いていかれた奴が焦っているだろうことは、わかった。なんとか連絡を取り、俺がお前の召喚獣となったことを伝えたかったんだ。そして、魔獣と人間の最適な関係を見つけ、ゆくゆくは魔獣と人間界の隔絶を解こうとしていると、教えたかったんだが……」

焦った魔獣たちは、どんな行動に出るかわからない。なんとか伝えられないかとアダラは悩んでいた。しかし、そう簡単に方法は見つからない。しばらくしてアダラは、考えても仕方ないと開き直ったのだそうだ。

「今思えば、あの時きちんとお前たちにシャガの存在を伝えるべきだった。そうすれば、少なくとも、お前が魔界に攫われるようなことは、防げたかもしれない」

魔界と人間界は、神の力により隔てられている。シャガにできるのは、魔界の疑似空間を凝縮した黒いボールを使って、悪意を操作することぐらい。

そんな相手が召喚獣に守られたカレンの脅威になるはずもないと判断し、アダラはシャガのことを話さなかったという。

「すまない。俺の判断ミスだ」

「違うわよ！　余計な心配をかけたくないと思ってくれたんでしょう？　私がアダラでもそうするわ」

「……カレン」

無表情のはずの蛇の顔が、ホッとゆるんだ気がした。

その時、「クックッ」と笑う声が、部屋の中に響く。

蛇がピタリと固まった。驚き周囲を見回すカレンの目の前で、闇が一際深くなる。

その闇の中から、一人の男が現れた。プロの彫刻家が彫り出した神像ような、整った姿の男だ。髪は黒。肌も漆黒のように黒く、黒い軍服みたいな服を着ている。全身黒の中で、金色の目だけが異彩を放っていた。

「シャガ！」

アダラが叫ぶ。現れたのは、先ほどからアダラが話していたシャガという魔獣らしい。

「いいいい、氷のアダラのそんな姿が見られるなど、苦労して力を溜めた甲斐があったというものだな」

上機嫌に話す男に、カレンは言葉も出ない。心の底から驚いているのだ。

（……やっぱり、魔獣もみんなイケメンなのぉ!?）

頭の中では、理不尽な怒りが渦巻いていた。経験から大方の予想はついていたとはいえ、聖獣ばかりか魔獣までイケメン揃いだなんて、神はどういうつもりで世界を創ったのか。

ハッキリ言って、どうでもいい怒りではあったが、おかげでカレンはシャガへの恐怖を忘れることができた。

「シャガ！　きさま、どういうつもりだ!?」

水槽の中で蛇が怒る。シャガは、バカにしたように蛇を見て笑った。

「人間に召喚されて、頭が平和ボケしたのか？　我ら魔獣の悲願など、言うまでもないことだろう？」

かつて、人間に対して過度に干渉したせいで、人間界への道を閉ざされてしまった魔獣。彼らは、人間界に自由に行き来し、再び人間を自分たちのおもちゃとして弄べる日々を切望している。

「俺たちの目的は、人間界への進攻だ」

進攻と、シャガは言い切った。進攻とは、攻め入り戦うことだ。

「バカな真似はやめろ！　今、神は我ら魔獣と人間の一番いい関係について考えておられる。決して我らにとって悪いようにはならないはずだ。だから、それを待っ――」

「黙れ！　裏切り者！」

アダラが必死に訴えようとした言葉は、シャガの言葉に遮られた。黒い蛇がビクリと震えて動きを止める。

シャガは、憎々しげにアダラを睨みつけた。

「魔獣のくせに、人間などの召喚獣になった裏切り者！　きさまがかつて俺の盟友であったことが、心底忌々しい。お前が持つ魔力と、お前の契約者の桁外れの魔力を糧に、俺は人間界への道を拓く！　そのために血のにじむような苦労をして、力を溜め、お前たちを魔界に引き込んだんだ！」

拳を握り締め、叫ぶシャガ。

どうやらシャガの目的は最初から、アダラとその召喚主であるカレンを魔界に引き込むことのようだった。アダラを見るシャガの金色の目は、怒りで爛々としている。

先ほどのアダラの話を聞く限り、彼とシャガは以前、親友みたいな間柄だったのだろう。

（お互いを信頼して、一緒に人間界へ行こう、なんて語り合っていたのかもしれないわ）

それともライバルだったのだろうか？　いずれにしろ、仲が良かったのではないか。

しかし、魔界と人間界のわずかな歪みに気づいたアダラは、それを利用し、自分だけ人間界に渡ってしまった。その上、カレンに召喚され、彼女と契約してしまったのだ。

（あ〜、確かにそれは、裏切られたって思っちゃうかもしれないわ）

親友だと思っていた分だけ、裏切られたという思いは強いのだろう。でも――

「アダラは裏切り者なんかじゃないわ！　アダラを無理やり召喚したのは、私よ。アダラは、望んで私の召喚獣になったんじゃないもの！」

カレンの言葉は真実だ。アダラには、魔獣を――シャガを裏切るつもりなど、少しもなかった。

しかし、シャガはフンと鼻を鳴らした。

「たとえ無理やりだろうが、お前の召喚を受け入れ、従ったのは、アダラだ。その事実は変わらない」

「それは、私が脅したからよ！」

カレンの言葉を、シャガは冷たく笑う。

「本当に意に染まぬ召喚だったのなら、死を賭して逃げ出せばいいだけだ。正式な主従の契約とて、死ねば切れるのだからな」

それは、主従契約から解放されるために自殺しろということだった。

蔑んだシャガの視線が、アダラを貫く。

カレンは――怒り心頭に発した。目の前が赤く染まり、怒りで手が震える。

「バカを言わないで！」

シャガを思いっきり怒鳴りつけた。彼だけでなくアダラまでもが驚き、カレンを見る。

「死ねなんて、軽々しく言わないで！　あなたにそんなことを言う権利はない。死は、終わりなのよ。死んだら、なんにもならない。話すことはもちろん、泣くことも笑うことも、何もできなくなるの。……死ねなんて、たとえ誰であっても、命令することはできないわ！」

カレンは幼くして両親を亡くした。祖父とも永の別れを経験しており、死の悲しさをよく知っている。

カレンにとって、シャガの発言は、とても許せるものではなかった。

彼女の剣幕に、シャガも一瞬たじろぐ。しかし、すぐにそんな自分を恥じるかのように背筋を伸ばした。

「人間風情(ふぜい)が、偉そうに！」

言うなり、手を振り上げるシャガ。

「やめろ！　シャガ、俺の主(あるじ)を傷つけるな」

細い蛇(へび)が水槽に力いっぱい体当たりした。バシン！　と音がして、蛇(へび)は水槽の底へと落ちていく。

「やめて！　アダラ」

カレンは咄嗟(とっさ)にアダラに駆け寄った。水槽ごとアダラを抱きしめる。

シャガは、忌々(いまいま)しそうに舌打ちした。つかつかとカレンに近寄ると、彼女の手首を掴んで水槽から引き離す。

「来い！　この俺にあんな態度をとるなど許しがたい。本当は、今すぐひき肉にしてやりたいくらいだが――お前はアダラ同様、俺たち魔獣が人間界に進攻するための大事な生贄(いけにえ)だ。一週間後の儀式までは生かしておいてやる」

「――生贄(いけにえ)？」

強い力で手首を握られ、痛みに顔をしかめながら、カレンはシャガを見上げた。

彼はニヤリと笑う。

「一週間後、魔界の力の源である魔の聖域で儀式が行われる。魔界の力が最も強くなり、魔力が満ち溢れる時だ。その儀式で、アダラとお前は生贄となり、命と魔力を我ら魔獣のために捧げるのだ。……お前たちの力をもってすれば、魔獣は人間界への道をこじ開けることができる！」

カレンは驚きに目を見開いた。

アダラも驚いたのだろう。動きが止まっている。

「……そんなこと、聞いたことがない」

ポツリとアダラがこぼす。

「理論的に可能なことだ。神の力で断絶されたのなら、それ以上の力を加えれば、開くこともできる。裏切り者とはいえ、お前も魔獣王。お前の力は申し分ないし……それにその娘も、力の量だけで見れば、俺よりも……いや、すべての魔獣を合わせるよりも多い」

できるはずだ、とシャガは言う。

アダラは、とても信じられないと言うように、首を横に振った。しかし、シャガの決意を悟ったのだろう。

「……本気なのか？」

呆然とアダラは呟いた。

シャガはニヤリと笑う。

そのシャガに手首をとられたまま、カレンは必死に考えていた。ここは魔界で、聖獣であるアスランたちがすぐに来てくれるとは思えない。

だとすれば、頼れるのはアダラと自分だけ。しかし、アダラは力を封じられ、幼体の蛇となって水槽の中に閉じ込められている。

つまり、実質的に動けるのは自分だけということだ。

（絶体絶命じゃない）

絵に描いたような危機に、カレンの心は折れそうになる。

しかし、そんなわけにはいかなかった。ここで諦めれば、カレンだけではなく、アダラも死んでしまう。そして、自分たちの命と引き換えに、魔獣は人間界に攻め入るのだという。

平和の中でのんびり暮らしていた人間が、魔獣に敵うはずはない。あっという間に人間界は魔獣に征服され、絶望した人間の心を、魔獣はおもちゃにするだろう。

（そんなことさせないわ。考えて！　考えるのよ、私！　何かいい手があるはずだわ！）

とにかく、カレンとアダラが魔界に攫われたことだけでも、アスランたちに知らせたい。そうすれば少なくとも、魔獣の進攻に対して備えることはできるはずだ。

懸命に考えるカレンの手を、シャガが乱暴に引く。そしてカレンは、部屋の中にあったベッドの方へと突き飛ばされた。

「鎖でベッドにくくりつけてやろうか。それとも足の一本でも折るか。生きてさえいれば、多少傷つけても、生贄として成立するからな」

恐ろしい言葉に、カレンの顔から血の気が引いた。それをシャガは、冷酷な目で見つめる。

「痛めつけられたくなかったら、大人しくしていろ」

そう言い捨てると、シャガはカレンに背を向けた。黒い霧が湧きだして、シャガの姿を包みはじめる。虚空を操るシャガは空間転移で移動するらしい。

よく見れば、この部屋には窓どころか扉もなかった。シャガがここを出てしまったら、こちらからコンタクトを取ることができないかもしれない。カレンは、慌てて彼を呼び止める。

「待って！　このまま一週間ここに放置されたら、人間の私は死んじゃうわ！」

その途端、黒い霧が消えた。ものすごく不本意そうな顔で、シャガが振り向く。

「なんだと？」

「私は、人間なの！　魔獣や聖獣じゃない。弱くて、毎日しっかり食べないと、あっという間に死んじゃう人間なのよ。私には、水と食べ物が必要だわ！」

カレンの言葉に、シャガは眉をひそめた。そしてギロリとアダラの方を見る。

呆然と固まっていた蛇だが、視線を受けて、頭を上下に大きく振った。

「本当だ。人間を生かしておきたいなら、水と食べ物は必ずいる」

アダラの言葉を聞いて、シャガはますます顔をしかめる。

「面倒だな。魔界に人間の食べ物などないぞ」

それはそうだろう。カレンは勢いよくベッドから立ち上がった。

「私に料理をさせて！　食材と調理道具は、異空間にある保管庫に入っているから、それを取り出すことができないかしら？」

カレンの言葉に、アダラは考えるように蛇の頭を捻った。

「……空間魔法を使う能力を取り戻せば、保管庫自体は異空間に設置されているから、ここからでも開けることができるだろう。それと、人型にならねば。手がなくては取り出せないからな」

もっともな言い分である。蛇には手も足もない。

シャガの金の目が剣呑に光った。

「おかしな考えを持てば――」

「持つはずがないだろう。第一、人型になったからといって、本体の能力をほとんど封じられている俺に、何ができるというんだ？　それとも、その程度の俺が、お前は怖いとでも言うのか？」

挑発するように、蛇が口を大きく開け、舌をチロチロと動かした。

シャガは、ムッとする。

「そんなわけがあるか！　……わかった。許すのは、生命維持に必要なことだけだぞ。その保管庫とやらからの取り出しには、常に俺の配下を見張りにつける。能力を封じられたお前は人間同然だ。格下の配下にも敵うまい。……妙な真似をすれば、俺がお前たちを噛み殺す！」

シャガは吠えるような勢いで、そう言った。

そこでカレンは、ちょっと慌てる。

「あ、いや、ちょっと待って、それだけじゃダメ！　……ほかにも、トイレとお風呂、あと、着替えもなんとかしてください！」

この部屋には、トイレも何もないのだ。人間の女性として、それらの要求は譲れなかった。

「……お前」

何故かアダラが絶句する。

「命が危険だというのに、そんな心配か。……さすが、アダラを召喚するだけのことはある。変わった女だな」

シャガがあきれたようにそう言った。


その後、アダラは水槽から出され、人型に戻った。配下を監視につけると言ったシャガだが、最初は自分が見張るつもりらしく、まだ部屋に残っている。

しかもカレンは、そのシャガに捕まったままだった。彼の片手はカレンの細い首に回されている。

「さあ、食材を出してみろ。おかしな真似をすれば、この女の首を捻(ひね)り潰すぞ」

シャガの手は冷たかった。底知れぬ冷たさに、死の恐怖が重なる。

「殺してしまっては、生贄(いけにえ)にできないだろう？」

「息の根を止める前にやめるさ。……もしかしたら首の骨にひびが入って動けなくなった方が、面倒がなくていいかもしれん」

クックックと、シャガは笑う。その言葉は冗談でなく本気なのだと、カレンにはわかった。ゾッとして体が震える。

涙目でアダラを見れば、彼も険しい表情をしていた。アダラは怯えるカレンを安心させるように頷くと、何もない空間に手を伸ばす。彼の指先から腕の半ばまでが、スッと消えた。異空間にある保管庫に手を入れたのだ。そのままカレンの指示を待ち、動きを止める。

カタカタと震え出した自らの体を抱きしめながら、カレンは声を絞り出した。

「あ……ちょ、調理設備がないから、ま、まだ本格的な料理はできないわよね。……とりあえず、作りおきしていた薄切りチャーシューと、ミニトマトのマリネ。サ、サラダ菜と……あと、食パンを出して」

食パンは、サンドイッチ用に切って保存しておいたものだ。カレンの指示に従い、アダラは何もないはずの空中から、食材を引っ張り出す。そしてテーブルの上に次々と並べた。

「マヨネーズと粒マスタードも……お願い」

今度は、アダラは両手で同時に取り出した。コトンコトンと、保存容器に入った調味料が並べられていく。

見慣れた食材を前にして、カレンは少し落ち着いた。そしてアダラと視線を合わせ、感謝の気持ちを伝える。

アダラは、間違いなくカレンの意を酌んでくれていた。テーブルに置かれた食材は、チャーシューは一ブロック分、ミニトマトは三十個ほど、サラダ菜二玉、食パン二斤。魔獣のシャガにはわからないだろうが、カレンだけの分としては多すぎる量だ。

保管庫の中からこれだけの食材がなくなれば、きっとアスランたちが気づいてくれるだろう。

大きく深呼吸して、カレンはグッとお腹に力を入れた。シャガの手はまだ首にかかったままだが、怖がってばかりでは、何も進まない。

「手を放してください。料理をします」

金の目をまっすぐ見つめて、カレンは言った。シャガはわずかに目を見開き、次の瞬間、忌々しそうに顔を歪める。しかし、最後には手を放してくれた。

カレンはすぐにテーブルに近づくと、食材を手に取る。冷温保管庫に入っていた食材はどれも冷たかったが、シャガの手よりは温かく思えた。

「……カレン」

心配そうなアダラに、安心させるように頷いて返す。

「パンに、粒マスタードをまぜたマヨネーズを塗りましょう。チャーシューとサラダ菜を挟んでサンドイッチにするの」

「ああ。わかった」

アダラに指示を出しながら、カレンは粒マスタードの瓶を開けようとした。蓋(ふた)を捻(ひね)ろうと力を入れるのだが、情けなくも手が震えていて、上手くできない。

見かねたアダラが、カレンの手から瓶を取り上げた。

「大丈夫だ。俺がいる」

楽々と蓋(ふた)を開けてくれるアダラ。

カレンは、背の高い彼を見上げた。力を封じられた龍の魔獣王は、それでも堂々と立っている。

（そうよ。大丈夫よ。一人じゃないわ。……アスランたちだって、きっと気づいてくれるもの）

心に言い聞かせ、カレンは笑った。引きつっているかもしれないけれど、笑えたはずだ。

「シャガさん。アダラに包丁を出してもらっていいですか？　刃物ですけれど、食材を切るだけで、ほかには使わないと約束しますから」

シャガを振り返り、カレンはそう断りを入れた。変な誤解を与えてまた首を掴まれては、たまらない。

「勝手にしろ。たかが刃物の一つや二つで、人間に何ができる」

嘲笑いながら、シャガは許可してくれた。

「ありがとうございます。じゃあアダラ、包丁とまな板をお願い」

シャガの気が変わらないうちに、さっさと取り出してもらう。

ついでに冷凍保存していたコーンポタージュとカップ、皿も何枚か取り出してもらう。

サンドイッチを作っているうちに、だんだんカレンはいつもの調子を取り戻す。手の震えも徐々におさまってきている。

(コーンポタージュを温めないと)

そう思ったところで、カレンはゴクリと息を呑みこんだ。覚悟を決めて、もう一度シャガの方を向く。

「シャ、シャガさんは、黒豹の魔獣王でしたよね？　虚空を操るってお話でしたけど、炎も操れますか？」

聖獣界で会った虎の聖獣ナミルは、ネコ科の聖獣は炎の力を操るものが多いと言っていた。黒豹もネコ科のはずだ。

「ああ？」

急に質問されたシャガは、思いっきり眉をひそめる。

ギロッと睨みつけられて、カレンは内心震えあがった。まずかったかと思ったが、シャガはしばらくしてから「できる」と言って頷く。

「あ……よかった。じゃあ、このコーンポタージュを解凍してもらえますか？　あまり温めすぎないようにしてくださいね」

タタッとシャガに走り寄ったカレンは、凍ったコーンポタージュを入れた二つのカップをシャガに押し付けた。そして逃げるようにアダラのもとに戻る。

白いカップを手に、シャガは目を丸くして見た。

「解凍……俺がか？」

あまりに意外だったのだろう、両手にカップを持ったままシャガは固まる。

「なんだ。できないのか？」

バカにするようにアダラに言われ、シャガは「できる！」と叫んだ。アダラがニッと笑い、シャガは悔しそうに唇を噛む。それでも彼は、コーンポタージュをきちんと温めてくれた。

「なんで俺がこんなことを」

ブツブツと呟かれる文句は聞こえないふりをして、カレンはチャーシューのサンドイッチを切る。そして切り口を上にし、大皿の上に並べた。アダラがシャガからコーンポタージュのカップを受け取ってくる。

「できた！　完成だわ。急ごしらえだし、こんなものよね？」

テーブルの上に、チャーシューのサンドイッチとコーンポタージュが美味しそうにセットされた。こんなありえない状況で作られた食事だが、手をかけて作った料理は、カレンに力を与えてくれる。

「アダラ、おしぼりをお願い。……さあ、食べましょう。多めに作りましたから、シャガさんも一緒にどうですか？」

そう言うとカレンは、さっさとテーブルに着いた。向かいの席にはアダラが座り、空中からおしぼりを出してくれる。

シャガは自分が解凍したコーンポタージュの香りを、鼻をひくひくさせながら嗅いでいた。カレンがクスリと笑えば、彼は顔をほんのり赤くして視線を逸らす。

「誰が食べるか、そんなもの！」

シャガの怒鳴り声に、アダラは肩をすくめた。

「まあ、残念」

カレンは肩を落とし、おしぼりで手を拭いてから、サンドイッチにパクリとかじりつく。アダラもサンドイッチを食べはじめる。

　時間をかけて煮込んだ自慢のチャーシューのサンドイッチは、とても美味しかった。恐怖で食べられないかもとも思っていたのだが、美味しいものを美味しいと感じられることに、ホッと安心する。

「パンとチャーシューの味が合っていて、とてもいいわね。粒マスタードの辛みがきいているわ」

　カレンの言葉にアダラは黙って頷いた。あっという間に二つ目のサンドイッチに手を伸ばしているところを見れば、彼も大満足の味なのだろう。

　シャガは複雑そうな表情で、それを見ている。彼の喉が、ゴクリと動いた。

　カレンとアダラはそっと目配せする。

「でも、本当に作りすぎてしまって、二人じゃとても食べきれないわ。……シャガさんは召し上がらないって言うし、どうしたらいいかしら？」

　悩ましげにカレンは目を伏せた。

「そ、そんなに言うなら――」

「ああ。心配いらない。残ったら下働きの魔獣にでも食べてもらえばいい」

　話そうとしたシャガの言葉を遮って、アダラが提案した。

「下働き？」

「ああ。ここは多分、シャガの城の中だ。だとすれば、ここにはシャガの配下の魔獣がたくさんいる。さっき、配下に俺の行動を見張らせると言っていただろう。……上位の魔獣はプライドが高いから、食べようとしないだろうが、下っ端の奴なら喜んで食べるだろう」

そう説明したアダラを、シャガは恨めしそうに睨んだ。

とはいえ、最初にいらないと断ったのはシャガである。彼は、今更自分が食べるとも言い出せないのだろう、アダラの言葉にしぶしぶ頷いた。

「どうせそいつらにカレンの世話もいろいろさせるんだろう。いちいち空間転移させるのは面倒なはずだ。早くこの部屋と外をつなげ」

三つ目のサンドイッチを頬張りながら、アダラが話す。

「俺に命令するな！」

チッと舌打ちすると、シャガは手から一閃を放つ。するとたちまち、部屋の一面に大きな扉ができた。その扉を開いて、二足歩行の巨大トカゲと、後ろ脚で立ち上がった巨大ネズミが入ってくる。

（うわぁ！）

正直カレンはどん引きした。この二匹が下っ端の魔獣なのだろう。

「お呼びですか？　シャガさま」

頭を下げて、トカゲの魔獣が話す。巨大ネズミの魔獣も隣で頭を下げた。最新ＣＧのファンタジー映画を見ているようだ。シャガは頷き、カレンを指さす。

「こいつは、一週間後の儀式で使う生贄だ。それまで死なないように、世話をしろ」

トカゲとネズミの魔獣の目が、ギョロッとカレンを見つめた。トカゲもネズミも、カレンはあまり得意ではない。内心おっかなびっくりしながら、カレンは席から立ち上がった。

「こ、こんにちは。私はカレンと言います。よろしくお願いします！」

頭を下げるカレン。トカゲとネズミの魔獣は、怪訝そうに互いに顔を見合わせた。

「よろしくする？」

「生贄と、か？」

魔獣たちが疑問に思うのももっともである。アハハと笑うと、カレンはサンドイッチの皿を取り上げた。まだ食べていたアダラが、不満そうに顔をしかめる。

「えっと、あの、このサンドイッチ、よかったら食べてください」

トカゲとネズミの魔獣にお皿を差し出す。

二匹は少し驚いた後、クンクンと匂いを嗅いだ。

「美味しいですよ」

警戒しているのかもしれないと思い、カレンは彼らの目の前で、サンドイッチを一切れ食べてみせる。モグモグモグと咀嚼して、ゴクンと呑みこんだ。

何故か、カレンの動きに合わせてモグモグ口を動かし、ゴクンと生唾を呑んだトカゲとネズミの魔獣。次の瞬間、彼らはサンドイッチに飛びついた！

モグモグモグ、ゴックン――

今度は、本当にサンドイッチを食べた二匹。

「……う！　美味いっ！」

「すげぇっ！　なんだこれ!?」

ただでさえギョロリとしたトカゲの目がこぼれ落ちそうなほどに見開かれ、ネズミの尻尾はピンと立った。

「美味い！　美味い！　美味い！」

「ホントだ、これ、止まらない！」

バクバクバク！　と、ものすごい勢いで食べていく。

あまりの勢いに、カレンは驚いた。

「えっと……あの、そんなに急いで食べると喉につかえるわよ。この、ポタージュを――」

カレンがコーンポタージュを差し出すと、二匹はカップを奪うように受け取り、ゴクゴクゴクと飲み干した。

「あ……その、ポタージュは、そんな風に飲むものじゃ――」

多少冷めてはいたが、熱くないのだろうか、とカレンは心配する。

しかし、そんな心配は魔獣には無用だったようで――

「美味い！　おかわり！」

飲み終わった二匹は、同時にそう叫んだ。予想以上の反応に、カレンは一瞬、呆けてしまう。

（芋煮を食べた時の聖獣にそっくり？）

聖獣も魔獣も、美味しいものを食べた時の反応は同じなのだ。そのことがカレンは何故か嬉しくなる。

しかし、同時に少し困ってしまった。コーンポタージュは、保管庫から取り出すだけではなく、シャガに温めてもらわなければならない。

「えっと、おかわりを用意してあげたいんですけど――」

問いかけるように視線を送ると、ものすごく不機嫌な顔をした黒豹の聖獣王に睨まれた。

　思わずカレンは、首をすくめる。

　しかし、シャガの怒りの矛先は、トカゲとネズミの魔獣だった。

「いい加減にしろ！　きさまらが食べていいのは、余った分だけだ。おかわりなどと、何を考えている！」

「は、はいぃ～！」

　ビクビクと首をすくめる魔獣。シャガは、フンと鼻を鳴らす。そして空っぽの皿を見ると、唇を噛んだ。

「いいか、くれぐれもその人間を逃がしたり殺したりするなよ。万が一のことがあれば、お前たちの命もないぞ」

　シャガの言葉に、トカゲとネズミはコクコクと無言で頷く。それを確認してから、シャガはアダラに向き直った。彼はグイッとアダラの襟元を掴んで絞め上げる。

「お前もだ。今のお前を殺すことなど、俺には赤子の手を捻るより簡単なこと。下手な真似をせずに、大人しくしていろ」

　そう言うと、シャガはアダラを乱暴に突き放した。アダラはゴホゴホと咳き込み、しかし、クッと口角を上げて笑う。

「カレンの料理を食べられなかったからといって、配下の魔獣や俺に八つ当たりか？　みっともない」

「きさま！」

シャガは再び、アダラの襟元を掴む。

「やめて！　死んじゃうわ」

カレンは慌てて止めに入った。

シャガは忌々しそうにアダラを離す。睨みつけた直後――スッと、言葉もなく姿を消した。

「アダラ！」

「……ゲホッ……大丈夫だ」

ちっとも大丈夫そうに見えない。カレンはまだゴホゴホと咳き込むアダラの背中をさする。彼は苦しそうにカレンにもたれかかり、彼女の耳元でそっと囁いた。

「大丈夫だ。奴らはきっと気がつく。何か方法を見つけて、必ずお前を助けに来る。……それまでは、俺が、絶対お前を守ってやる」

カレンは、小さく頷く。今は、信じて助けを待つしかない、カレンたちだった。

その後、シャガが用意してくれたお風呂、トイレ、ベッド付きの部屋に通される。願いを受け入れられて、少しびっくりした。

部屋にアダラと二人だけになり気が抜けると、カレンはすぐに眠ってしまった。そして、丸々一日眠り続けたという。目を覚ました直後、アダラはあきれ顔で言ってくる。

「魔獣に捕まったっていうのに、よくのんきに眠れたな」

アダラの言い分ももっともだが、カレンは疲れていたのだ。だって、三日間聖獣界に出かけ、夜遅く帰ってきてすぐに捕まった。これで疲れていないわけがない。

眠り続けていたカレンを一番心配していたのは、トカゲとネズミの魔獣だった。彼らにしてみれば、カレンの死が、即自分たちの死につながるのである。

「生きていてくれて、よかった！」

泣いて喜ぶ二匹。

死んだようにぐうぐう眠っていた当のカレンは、ちょっと申し訳なくなった。

「お詫びにご馳走します。……って言っても、あまり調理設備が整っていないから、大した料理はできないんですけれど……。えっと、チキンサラダでいいですか？」

確か、休みに入る前に、蒸し鶏を作って冷蔵保存していたはずだ。いいも悪いもわからない魔獣たちは、とりあえず頷いてくれた。

カレンはアダラに頼んで、蒸し鶏とサラダの材料を取り出してもらう。異空間にある保管庫を確認したアダラは、ほんの少し口元をゆるめた。

「カレン、〝握りたてのおにぎり〟もあるが、出すか？」

カレンは、目を見開く。保管庫におにぎりを入れた覚えはないし、それが握りたてというなら保管庫に入れられているなんて妙だ。つまり、それはアスランたちが作って、カレンのために入れてくれたものだろう。

（気づいてくれたのね！）

カレンの心の中に、喜びと安堵が広がる。

「ええ。お願い」

涙が出そうになるのをこらえながら、つとめて平静を装って、カレンはそう答えた。

アダラが出してくれたのは、さまざまな種類の二十個ほどのおにぎりだ。触ってみると、まだ少し温かい。本当に握りたてなのだろう。

（それにしても、多すぎでしょう!?）

味の種類は、鮭、おかか、梅干し、ゆかりといった定番のもの。それにとろろ昆布、高菜や肉巻きおにぎりまである。それぞれ三個ずつ、二十一個も作ってくれたらしい。

それにしても、こんなにいっぱい誰が食べると思っているのだろうか？　カレンを心配するあまり作りすぎてしまったのだと思うが、加減を知ってほしい。

しかし、今回はちょうどよかった。カレンが二個、アダラが三個取って、残りはさっと作ったチキンサラダと一緒にトカゲとネズミの魔獣にあげる。

「美味(うま)い！」

「この前のものも美味(うま)かったが、今回もスゴイな！」

二匹は大喜びで食べはじめた。トカゲやネズミが前脚を器用に使っておにぎりを食べる姿は、なんとも言えず愛らしく、見ていたカレンはフフフと笑ってしまう。

ふわとろのとろろ昆布がついた爪を舐(な)めながら、トカゲがギョロリとした目をカレンに向けた。

「……さっき、チョーリセツビとかいうものが整っていないから、大した料理が作れないと言っていたな？」

カレンは、その通りだと頷(うなず)く。

「では、そのチョーリセツビが整えば、もっとすごい料理ができるのか？」

「ええ！　シチューに天ぷら、焼き肉に唐揚げ、エビフライにステーキ、お弁当まで、なんでも作ってあげられるわ！」

トカゲとネズミの魔獣は、料理の名前を知らないはずだ。しかしカレンの口調から、それらが美味しい食べものだとわかったのだろう、二匹はうっとりとした顔つきになった。

「必ずだな？」

「もちろん！　あ、でも、設備を整えるなら、この部屋だけじゃ無理よ。かまどやシンク、調理台は、この広さじゃ絶対入らないもの」

かまどは簡易式のものでもかなりの大きさがある。シンクや調理台だって、料理するならそれなりのものが欲しかった。

食べ終えたチキンサラダの皿を名残惜しそうに見ていたネズミの魔獣は、「よし！」と言って、立ち上がる。

「シャガさまにお願いしてみる！」

「え？」

「シャガさまに、お前の調理用の部屋を作ってもらえるよう、お願いする」

スックと背筋を伸ばして、ネズミの魔獣はそう言った。

そんなことが、可能なのだろうか？　あのシャガの様子を見る限り、とても叶いそうにないことだ。

しかし――

「そうだな。俺もお願いする！」

トカゲの魔獣までそう言い出した。

「あ！　あの、無理はしないで！　そんな、そこまでして料理しなくても――」

アスランたちに気づいてもらうというカレンの目的は、すでに達成されている。食事だって、簡単なものなら現状でも用意できるのだ。魔獣たちにこれ以上無理をさせる必要はない。シャガの不興を買えば、このトカゲたちは殺されてしまうだろう。

「お前のためじゃない。俺たちが食べたいから、お願いするんだ」

しかし、カレンの料理の味を覚えた魔獣たちに、引き下がる気はないようだった。料理のために命を粗末にしないでほしい、とカレンがお願いしてもダメだ。魔獣たちは引き止める彼女を振り切って、残ったおにぎりを持ち飛び出していった。

――そして、その日のうちに、カレンは自分たちが閉じ込められていた部屋の続きに、広い部屋をもう一室与えられる。

「どうして？」

呆然とするカレンに、ネズミの魔獣は偉そうに胸を張った。

「みんなでお願いしたからな」

「みんな？」

なんとトカゲとネズミの魔獣は、おにぎりをほかの魔獣に配ったらしい。そして、料理に魅了された魔獣全員で、シャガにお願いしたのだそうだ。

「もちろん、すべての魔獣に行き渡るだけのおにぎりはなかった。食べた奴は大喜びで進んでお願いに行ってくれたし、食べられなかった奴も、次は自分が食べたいからとやっぱり一緒に行ってくれた」

配下の魔獣全員から、人間に料理を作る部屋を与えてやってほしい、と訴えられたシャガ。当然、彼は烈火のごとく怒ったが、最終的にはしぶしぶ許可を出してくれたそうだ。

「シャガさまは、怖い。しかし、きちんと話をすれば聞いてくださる方だからな」

なんだか自慢げに、トカゲの魔獣が教えてくれる。

「……少なくとも、俺はアダラさまより、恐ろしくない」

小さな声でぽつりと、ネズミの魔獣が言う。アダラはジロリとネズミの魔獣を睨み、大きなネズミは毛を逆立てて逃げていく。

カレンは、呆気にとられた。そういえば、シャガと出会った当初、シャガがアダラのことを『氷のアダラ』と呼んでいた。それは、魔獣の中でもアダラが冷酷だということだろうか。

カレンがジッと見つめれば、アダラはフイッと横を向いた。

「さっさとこの部屋をなんとかするぞ。倉庫にしまっていたかまどを出せばいいのか?」

ぶっきらぼうにそう聞いてくるアダラ。

カレンは当初、小さな規模でお弁当屋をはじめた。徐々にお弁当が普及し、注文が増えていく中で、設備も更新している。その際、使わなくなったかまどや調理台などは、聖獣の力を使って作った異空間の倉庫にしまってあるのだ。冷温保管庫同様、アダラは倉庫からも物を出し入れできる。

もっともその行動は、すべて魔獣に監視されているから、滅多(めった)なことはできないが。

「ええ、かまどはあっち。調理台はそこ、シンクは——」

アダラに引き出してもらった調理設備を次々に設置し、カレンは与えられた部屋を立派なキッチンへと変えた。

「よし! じゃあ、はりきってお料理するわよ!」

お礼も兼(か)ねて、魔獣たちに料理を振る舞おうと決意する。生贄(いけにえ)にされる立場なので、本来はこんなことをしている場合ではない。だが、ずっと魔獣に見張られている今のカレンたちには、アスランたちを信じて待つ以外できることはないのだ。

そうであれば、料理をするのも気晴らしになる。

（くよくよしているよりいいわよね。食材が減り続ければ、私たちが無事だっていうメッセージにもなるし）

カレンが料理をはじめる準備をしていると、いつの間にかキッチンには、たくさんの魔獣たちが集まっていた。大きな亀やカエル、ワニやカラスなどが、興味津々にカレンを見つめている。

カレンが調理台の前に立つと、魔獣たちはワッと歓声を上げた。

（これだけの人数で食べる料理は……そうよ、中華にしましょう！）

中華は、大きな皿を大人数で囲んで食べる料理というイメージがある。幸いにしてこの世界の鍋は大きなものが多く、中華鍋に似た形状のものもあった。

「アダラ、お肉とタケノコとピーマン。あと、キャベツとお味噌、エビも出してちょうだい」

チンジャオロースとホイコーロー、エビチリを作ろうと決める。ほかにも必要な食材を次々と出してもらった。

大量の食材を見て、アダラはちょっと眉をひそめる。

「あまり、やりすぎるなよ」

カレンの店で働くアダラだが、それはカレンの召喚獣として仕方なくのこと。アダラ自身は、料理を作ることにそれほどの喜びはないようだ。自分がこれから手伝わされることを考えたのか、彼は顔をしかめると、その視線をネズミの魔獣に向けた。

「手伝え！　人型になれるだろう」

氷のアダラに睨まれたネズミの魔獣は、ひげをブルブル震わせる。

「あ、あ……俺、いえ、私は、力が弱く、そんな長い時間、人型にはなれな——」

「長時間変化する必要はない。ほんの一、二時間だ。……お前もだ。できるな」

アダラは怖がるネズミの魔獣に命令すると、そのままトカゲの魔獣にも声をかけた。

ビクッと震えたトカゲの魔獣は、ネズミの魔獣と目を見合わせ、その場でドロンと人型になる。

「へ？」

現れたのは、二人の美少年だった。ネズミの魔獣は、茶色い髪をボブカットにしたおぼっちゃま風の美少年に化ける。トカゲの魔獣は、オーロラのように輝く銀髪とこぼれ落ちそうなほど大きな緑の目が印象的な、儚い系の可愛い少年になる。

カレンは目を丸くし、固まってしまう。

「よし、お前はキャベツを洗え、お前はエビの皮むきをしろ」

二人を見ても平然として、アダラは彼らに仕事を与えた。「はい！」と返事をすると、美少年二人はキビキビとアダラに従って動く。

カレンは、開いた口が塞がらなかった。

(あの、トカゲとネズミが?)

美形揃いの聖獣と魔獣。それは、弱い下っ端魔獣でも変わらないようだ。

(不公平すぎるでしょう!?)

カレンは心の中で思いっきり叫んだ。

そんなカレンの不満をよそに、料理の準備は順調に進む。しかし、材料の下ごしらえを終え、いざ炒めようという段階になって、カレンは火力不足に気がついた。中華料理は強火で炒めるものが多い。しかし、下っ端魔獣の中には、火力の強い炎を調節できる魔獣がいなかったのだ。

「炎を操る奴は、気性が荒く自分勝手な奴が多いからな。誰かの配下におさまるものは少ない」

顔をしかめてそう言ったアダラ。もしかして、俺さまなアスランを思い浮かべているのかもしれない。

「――誰が、自分勝手だと?」

そんな声が聞こえた直後、突如黒い霧が湧き、シャガが現れた。

「っ!」

「シャガさま！」

カレンと配下の魔獣たちは驚く。

しかしアダラは、まるでシャガが現れることがわかっていたみたいに、落ち着き払っている。シャガを横目で流し見た。

「盗み聞きか？　こっそり様子をうかがっているなど、趣味が悪いな」

「うるさい！　ここは俺の城の中だ。お前こそ、囚われの身の分際で、何を勝手にやっている！」

アダラを睨みつけるシャガ。二人の背後に暗雲が立ち込め、稲妻が走る幻影が見える。

カレンはどん引きしたのだが、シャガの配下の魔獣は違うらしい。彼の登場に歓喜の声を上げる。

「シャガさま！　炎の力を貸しにきてくださったのですか⁉」

「ありがとうございます！　さすが、シャガさまだ！」

「これで、料理が作れる！」

大喜びして、シャガの周囲で跳ね回る配下の魔獣。シャガは顔をしかめた。

「誰がそんな——」

「シャガさま、さあさあ、鍋はこちらです！」

「すっごく美味(おい)しそうなのですよ！」

「先ほど、ゴマ油なるものの匂いを嗅(か)がせてもらったのですが、もう、たまりませんな！」

興奮のあまり、シャガの言葉を最後まで聞かず、鍋をかけたかまどの前に彼を誘導する配下たち。魔獣たちは、期待に満ちた目でシャガを見つめた。キラキラとしたいくつもの目が、一心にシャガを見つめる。

むすっとした表情でシャガは黙り込んだ。そのまましばらく立っていたが、彼はやがてキッとカレンを睨(にら)みつける。

（……ひぇっ！）

彼女は思わずアダラの後ろに隠れたが――

「――どうするんだ？」

シャガにそう聞かれて、おそるおそる顔を出した。

「え？」

「料理だ。何度も言わせるな。俺に何をさせたい」

カレンは、びっくりして瞬(まばた)きをした。どうやらシャガは料理を手伝ってくれる気になったらしい。信じられないことだが、このチャンスを逃(のが)すわけにはいかない。カレンは慌ててアダラの背中から飛び出した。

「この鍋を熱くしてください！」

そう叫んだカレンを、ジロリと睨(にら)むシャガ。彼は微動だにしないが、その後すぐに、鍋から熱気が立ち上(のぼ)ってきた。きちんと鍋に熱を加えてくれたらしい。

「ありがとうございます！」

カレンはお礼を言うと、鍋の前に立った。熱い鍋に油を入れ、味付けして片栗粉をまぶした細切りの肉を入れる。ジャッ！　と音が鳴り、魔獣たちから歓声が上がった。

「おおぉっ！」

「さすが、シャガさまだ！　火に力がある！」

「すごい、いい香り！」

声に後押しされて、手早く、チンジャオロースを作った。シャガの気が変わらないうちにと、カレンは続けてホイコーローにエビチリも作り上げる。大皿に豪快に盛りつけ、そこから取り皿に三種類の料理を少しずつ取り分けた。お箸を添えて、その皿をシャガへと差し出す。

「なんだ？」

「お礼です。どうか食べてみてください」

シャガは、顔を盛大にしかめた。いらないと言おうとしたのだろう、彼は口を開いたが――ふと気づいて、周囲を見回す。

彼の周りには、先ほどと同じく期待に満ちた目で彼を見つめる魔獣たちがいた。自分たちも食べたいだろうに、シャガが食べはじめるのをジッと待っている。

シャガは言葉を呑みこむと……チンジャオロースを口に入れた。次の瞬間、驚いたように金の目を見開き、ごくりと呑みこむ。

「……美味い」

呆然と呟いた。ワッ！　と、今までで一番大きな歓声が上がる。

「よかった！　さあ、みなさんも食べてください！」

カレンの言葉を合図に、魔獣たちが我先にと料理に飛びついた。

「ああ！　やっぱり美味い」

「なんだろう？　この幸せ」

「うん、うん、うん！」

大喜びで料理を食べる魔獣たち。シャガも気に入ったようで、無表情ながら黙々と箸を動かす。

「……シャガはお山の大将だ。ああ見えて、自分の配下に対しては面倒見がいい」

いつの間にか隣に来ていたアダラが、カレンにこっそり教えてくれた。

「私、魔界って、もっと殺伐とした世界なのかと思ったわ。そんなことないのね」

　カレンの予想に反し、彼女の料理を喜ぶ魔獣たちは、聖獣とほとんど同じだ。最初は恐ろしかったシャガにも、配下を気遣う一面がある。

「お前の予想通り、殺伐とした世界だ。だから、魔獣は聖獣と違って群れるものが多い。強い個体に庇護を求め従う者と、守る代わりに忠誠を誓わせる者がいる。魔界で一番大きな群れが、シャガの群れだ」

　シャガの配下は、魔界各地に散らばってそこでも群れを形成し、周囲の魔獣を従えているのだという。シャガは、魔界で一番強い力を持つ魔獣王だ。

「アダラにも群れがあったの？」

　もしそうなら、無理やり召喚したことで困った配下がいたのだろうか。

　そんなカレンの心配に、アダラは首を横に振った。

「俺に群れなどない。シャガには自分の群れに入れとよく誘われていたが、断っていた。そうでなければ、一人で人間界に渡ったりしない」

　アダラ一人であれば、神に見つかり排除されてしまったとしても、誰も困らない。しかし、シャガには配下がいて、守るべきものがあるから、誘わなかったのだろう。

　アダラのそんな行為を、シャガは自分に対する裏切りだと受け取った。

アダラの視線の先で、シャガはまとわりつく配下を叱りながらも、そばにいさせている。その光景を、カレンは微笑ましく思った。

「……人間界に進攻しようとしているなんて、とても信じられないわ」

「気を抜くな。シャガは本気だ。本気で俺とお前を生贄にして、自分の野望を叶えようとしている。……魔獣にとって、人間界に行くことは、何百年も昔からの悲願だからな」

かつての自分もそうだった、とアダラは呟く。

「なんとか、説得できないかしら」

「無理だろう。俺に裏切られたと思っている今のあいつに、届く言葉はない。仮に俺があいつの立場だったとしても、信じないだろうな」

アダラは首を横に振る。

エビチリに舌鼓を打つトカゲの魔獣が、シャガに「また料理に協力をお願いします」と頼んで、「調子に乗るな」と怒られた。

カレンも同じエビチリを一口、口にする。美味しくできたはずの自分の料理を、何故か苦く感じるカレンだった。

それから二日後。カレンが捕まってから五日目で、儀式まであと五日。

今日もカレンは魔界のキッチンで、魔獣たちに料理を作ろうというところだ。

「今日の料理はなんだ？」

茶髪の男の子になったネズミの魔獣が、目を輝かせて聞いてくる。

「鶏の香草焼きに、肉団子と野菜のトマト煮よ」

カレンの答えに、彼は嬉しそうに笑った。

「そうか。今日も美味そうだな。人間だけど、お前の料理は最高だ」

「ありがとう」

褒められて嬉しかったカレンは、素直にお礼を言う。ネズミの魔獣の男の子は、うっとりとなった。

「……お前に『ありがとう』と言われるのは、いい気持ちだ。なんだか体が温かくなる」

その表情は、以前アダラがカレンの召喚獣となったばかりの頃、戸惑いながらも見せていた表情と同じものだ。

憎しみや嘆きといった、人間の負の感情を好むと言われている魔獣。しかし、魔獣は負の感情だけではなく、喜びや慈しみのような感情も好きなのではないかと、カレンは思っている。

（だって、この子だけじゃなく、ほかの魔獣も同じ反応をするもの）

魔界で過ごすようになって、カレンはその思いをますます強くしていた。

笑い合いながら会話していたのだが、ふと顔を上げたネズミの魔獣は、カレンの背後を見て顔を青くする。

「あ、えっと……俺、芋を洗ってくる」

突如そう言うと、彼はそそくさと離れていった。

「え？　今日は、お芋は使わないわよ。……ちょっと！」

急にどうしたのかと後ろを向けば、そこには不機嫌そうなアダラがいる。

「アダラ？」

「あまり気を許すな。奴らは、お前と俺を生贄にしようとしているシャガの手下だぞ」

そう忠告してくるアダラ。

「わかっているけど……でも、今の私には料理以外、することがないんだもの。どうせ料理を作るなら、楽しく作った方が、絶対に美味しくなるのよ」

それはカレンの持論だった。楽しい気分で作った料理は、そうでない時の料理より数倍美味しく感じる。まあ、単なる気持ちの問題だと言われれば、そこまでだろうが。

アダラは、あきれたように肩をすくめた。

「能天気だな。……まあ、いい。食材を出すぞ。今日は鶏肉を丸ごと三羽だったな？」

そう言いながら、アダラは異空間の保管庫から食材を取り出そうとする。意識を集中させ……ふと、動きを止めた。

「アダラ？」

首を傾げるカレン。

「……いや、なんでもない」

アダラはそう答えると、無造作に取り出した鶏肉を、カレンの前に掲げる。

「……っ!!」

カレンは息を呑んだ。

下処理が終わった鶏肉の一つに、〝何か〟がガブリとかじりつき、ブラブラと揺れている。

――赤くて、小さくて、尻尾の長い〝何か〟だ。

「なんだそれは？　活き造り用の食材か？」

ちょうど部屋に現れたシャガが、不思議そうに聞いてきた。彼はあれから毎日、律儀に料理用の炎を出してくれている。配下の魔獣のためだと言いながら、出来上がった料理を一緒に食べてもいた。

だから、そろそろ料理の時間だと察して現れたのだろうけれど――カレンはものすごく焦る！

「そっ！　そうっ！　そうですっ！　……あっ、あの、でもっ！　今から食べる用では、なくて！　……非常食っ！　そう、お腹が空いた時用の非常食で、私の夜食用なんです！もう、アダラったら、間違ってこっちの非常食まで出しちゃったのね」

アハハと、引きつった笑みを浮かべながら、カレンは鶏肉にかじりついたままの〝それ〟をアダラから受け取る。

「……ネコ、に見えるが？」

シャガが目を細めた。

「そ、そうなんです！　ただの！　普通の！　ネコで！　あ、だから、ネコ科のシャガさんの気に障るかなぁ？　……なんて、思って、あの、ごめんなさい」

「俺を、普通のネコと一緒にするな」

シャガは、ムッと顔をしかめて、そう言った。

それでも、カレンが動揺していた理由に納得したのだろう。彼は険しかった表情をゆるめる。

「そ、そうですよね。じゃ、その、夜食なので、これは私たちの部屋に放り込んでおきます！」

そう言うなり、カレンは赤いネコのお尻をむんずと掴んだ。掴まれたネコは「ナッ！」

と鳴くが、彼女はかまわず鶏肉ごと自分たちの部屋に放り込む。そして、バタン！　と後ろ手に扉を閉めた。

「そんなに焦らなくとも、お前の夜食を取り上げたりしないぞ。……それより、ネズミは監視を放り出してどこへ行った？　お前ら、配下がいる時以外、物を取り出すな」

あきれたような表情だが、シャガは注意してくる。アハハと、笑って謝るカレン。アダラは、小さく肩をすくめるのだった。


そして、食事が終わった後、いつもより素早く後片付けを終えると、カレンはそそくさと自分たちの部屋に戻る。彼女が扉を閉めた途端、赤い仔猫が飛びついてきた。

「カレン！」

「アスラン！　ダメよ、この部屋が監視されていたら！」

カレンは慌てて、赤い仔猫を隠すように抱きかかえた。彼女の腕の中で、赤い仔猫――アスランは喉をゴロゴロ鳴らす。

なんとしてもカレンのもとに来たかったアスランは、食材に紛れてチャンスをうかがっていたらしい。

「大丈夫だ。カレン。魔界に入る方法を模索していたとき、カムイが聖獣の能力を封じ、幼体になれば行けるかもしれないと言い出してな。だから聖獣の力のほとんどを封じてきたが、話す能力と監視されているかどうかがわかる能力だけは、残したんだ。成功して、本当によかった。今、この部屋を見ている者はいない。……カレン、会いたかった」

カレンに体を擦りつけるアスラン。カレンはぎゅうっと彼を抱きしめる。

「もうっ！　もうっ！　アスランったら、どうしてこんな無茶をしたの？　危険でしょう！　聖獣だとバレて殺されたら、どうするの！」

「そんなへまはしない。魔獣に俺の正体が見破れるものか。……それに、お前と一緒にいられないのなら、俺は死んだも同然だ」

きっぱり言い切るアスラン。彼の気持ちは嬉しいけれど、危険な真似はしてほしくない。カレンの顔は、複雑に歪（ゆが）む。

「生きるのも、死ぬのも、お前と一緒だ。……カレン」

とうとう、カレンは泣き出した。絶体絶命の死の淵（ふち）に、アダラと二人で立っていたカレン。能天気と言われた彼女だったが、不安や恐ろしさを感じていなかったわけではない。ただ、泣き喚（わめ）いてパニックを起こしてもどうにもならないとわかっていたため、我慢していただけだった。

そんな彼女をアスランは、危険を冒（おか）して助けに来てくれたのだ。

「アスラン、アスラン……怖かった」

「一人にしてすまない。……俺もお前を失うんじゃないかと、怖かった。もう、二度と離さない」

離さないと言いながらも、仔猫の姿のアスランには、カレンを抱きしめることはできない。反対にカレンがアスランを抱きしめていた。

ひとしきり泣いて落ち着いたカレンは、この状況にはたと気がつく。アスランと顔を見合わせ、プッと噴き出してしまった。

「笑うな。……まったく、この姿じゃ、様にならないな。早く元の姿に戻って、お前を抱きしめたい」

そう言うとアスランは、小さな体を精一杯伸ばし、カレンの唇を舐めようとした。

もう少し――というその時、アスランの首根っこがむんずと掴まれる。赤い仔猫は、あっけなくカレンから引き離された。

ブラブラと哀れにぶら下がる仔猫を掴んでいるのは、アダラだ。

「俺がいることを忘れるな。その続きは助かってからにしろ！」

不機嫌な顔で怒鳴りつけるアダラ。

カレンはアスランと、もう一度顔を見合わせた。クスクスと笑い合っていると、やがて、アダラも苦笑をこぼす。明るい笑い声が、魔界の閉ざされた部屋の中に広がっていく。
久方ぶりに、心から笑ったカレンだった。

第六章　「魔界脱出！」

落ち着いたカレンは、あらためてアスランから話を聞く。

「どうして私たちが魔界にいるとわかったの？」

テーブルの上にちょこんと座った赤い仔猫は、耳をピクピクと動かした。

「消去法だ。人間界にも聖獣界にも、お前の気配はなかった。前と同じように、アダラが結界の中にお前を閉じ込めたという可能性も考えたが、召喚獣となったアダラにそんなことはできない。それにするはずもない」

アダラを信じる言葉を、当然のように口にするアスラン。

アダラは驚いたように目を見開くが、すぐに無表情に戻った。しかし、その耳は赤く染まっている。

カレンは、こっそり笑ってしまう。アスランはそれには気がつかず、話を続けた。

「カレンが消えた日、アダラが保管庫からわざと大きな音を立てて食材を引き出したから、そのことにはすぐに気づけた。アダラは食事を必要としない魔獣だ。こんな緊急事態にわざわざ食事をするはずもないから、食材が必要なのはカレンで、二人が一緒なのもわかった。出された食材が多すぎたから、ほかの存在もいるだろうってこともな」

そこからアスランたちは、カレンがアダラと共に魔界に攫われ、そこで料理を作って魔獣に食べさせているのではないかと推測したそうだ。

「アダラを誘拐するなんて、人間にはできないからな。それに聖獣界で聖獣たちに料理を振る舞っていたお前なら、魔獣にも作ってやりかねないと、全員一致で結論付けた」

そんな読みをされていたと思うと、カレンはなんだか複雑な心境になってしまう。

黙り込むカレンをよそに、アスランは話を続ける。

「――問題は、何故魔獣がアダラとお前を攫ったか、だ。昔、神の力で魔界に封じられた魔獣は、人間界に戻ることを虎視眈々と狙っている。今回の事件がそれと無関係のはずがない。方法はわからないが、魔獣は人間界に戻るためにアダラとカレンの――特に、カレンの膨大な召喚魔法の力を利用しようとしている可能性があると、カムイが言い出した。お前がそんな企みに協力するはずもないから、その手段はかなり乱暴な……下手をすれば、命を奪うような方法になるだろうとも」

だから、それを阻止するために、アスランが可能な限り早く魔界に来ることにしたのだという。聖獣の力のほとんどを封じて幼体となれば、食材と一緒に魔界に紛れ込めるのではという可能性に懸けて、今に至るというわけだ。

「みんな、お前を心配している」

アスランの言葉に、カレンは一度引っ込んだ涙が、またこぼれそうになった。

「私も、早くみんなのもとに帰りたい」

涙をこらえるカレンの頭を、隣に立っていたアダラが撫でる。

それを忌々しげに睨んだアスランだったが、仔猫の自分の体を見回して、大きなため息をつく。そして、テーブルの上から床に飛び下りた。とてとてと歩き、赤い仔猫はベッドの下にもぐっていく。

「アスラン？」

しばらくしてズルズルと音を立てながら、何かを引っ張り出してきた。それは、アスランが魔界に来る際にかじりついていた、丸ごとの鶏肉だ。

「腹の中を見てくれ」

そう言われて、カレンは鶏肉のお腹の中を開ける。普通は野菜やキノコ、お米などを詰め込む場所だ。そこには、卵形の石が五個入っていた。石はほのかにピンク色の光を放っている。

「これは、聖獣界の結界石だ。これを正五角形になるように設置すれば、その内側は聖獣界に似た空間となり、聖獣を簡単に召喚することができる」

そんなものがあったのか、とカレンは驚く。

遥か昔、魔獣は人間界に大きな戦争を起こし、人間を滅ぼしかけた。その時、神はこの石を聖獣に授け、魔獣を魔界に封じ込める手伝いをさせたのだという。

「神の力はあまりにも大きいからな。加減を誤れば、魔界ごと魔獣を滅ぼしかねない。だから聖獣が手足となって働いたんだ。人間界にあった魔獣の拠点地をこの石で囲み、聖獣を召喚し、その力で魔獣を魔界に追いやった。その後、神が魔界と人間界を結ぶ通路を塞いだんだ」

得意げに語るアスラン。反対にアダラは、嫌そうな顔になる。誰だって、自分の種族が苦汁を嘗めた話など、聞きたいはずもない。

しかし、今はこの石が、アダラを助ける重要なアイテムだった。

その後、アスランはアダラから、シャガの企みの話を聞く。カレンを生贄にしようとしていると聞いた時は、怒りに全身の毛を逆立てたが、なんとか暴れ出さずに我慢した。

「……儀式の場がどこか、わかるか？」

アスランの問いに、アダラは頷く。

「ここは、シャガの城だ。何度も招かれたことがあるから、よく知っている。この城は、魔界の深奥に位置している。我ら魔獣が誕生したと伝えられる、石碑の近くだ。儀式が行われるとすれば、その石碑のある広場に違いない」

アスランは静かに目を光らせた。

「ならば俺は、その広場を囲むように、こっそり結界石を設置しよう。ネコの姿なら隠れて移動することができるはずだ。儀式で全員が広場に集まった時がチャンスだな。結界を発動させ、カムイたちを喚ぶ。そして、一気に魔獣を叩き潰してやる！」

可愛い仔猫が、獰猛な顔つきになる。結界の力はその場に限定されるため、魔界から脱出するには、敵対する魔獣を一ヵ所に集めて一網打尽にする必要があるのだという。

「カレンだけでも先に逃がせないか？」

アダラの問いかけに、アスランは残念そうに首を横に振った。

「無理だ。この場を抜け出すことはできるかもしれないが、人間界に着く前にまた捕まるのがオチだ」

そして結界石の存在を知ったシャガに警戒され、二度とその手を使えなくなるだろう。どう考えても、アスランの言った方法以外に、打つ手はなかった。

「私一人で助かるのは嫌よ。みんなで一緒に家に帰りましょう！」

カレンの言葉に、アスランとアダラも決意を固める。作戦の成功を誓う三人だった。

その夜、カレンは仔猫のアスランを抱きしめて眠った。

「せっかく同じベッドに寝られるのに、幼体のままだなんて……拷問か」

苦悩の表情を浮かべながらも、カレンの胸にピッタリくっつく仔猫。

あきれたように肩をすくめたアダラは、蛇の幼体になると、さっさと水槽に入ってしまった。

カレンにくっついたアスランは、死んだように眠っている。いくら能力のほとんどを封じ、魔界にいられるようにしたと言っても、聖獣のアスランに魔界の空気は合わないのかもしれない。

カレンは心配で、夜中に何度も目を覚ましてしまう。

そのたびに、小さな仔猫をジッと見つめた。かすかに上下するお腹の動きを見てホッと安心する。それはアスランが呼吸をしている証拠だ。

（少し苦しそう。……こんなになってまで、アスランは私を助けに来てくれた）

自分と一緒にいられないのなら、死んだも同然だと、アスランは言った。

（生きるのも、死ぬのも、一緒だって）

泣きたいくらい嬉しい言葉だったが、その言葉は同時にカレンの心を切なくさせた。

(だって、人間の私は、いつか必ずアスランを残して死んでしまう)

聖獣界でその事実を突きつけられたが、ウォルフやみんなに慰めてもらい、末に受け入れたカレン。家族がいるから大丈夫だと言って、カレンのそばにいることを選んでくれて、心から嬉しかった。

それでも、どうしようもない現実に抱く切なさは消えない。

(できることなら、私もアスランと同じ時を生きたい。一緒に笑って、泣いて……赤ちゃんだって産んで、ずっとずっと幸せに生きていきたい。おじいちゃんになったアスランと、最期まで)

それは、見果てぬ夢だ。人間の自分には決して叶えられない幸せ。

聖獣のみんなと同じ長さを生きられなくても大丈夫だと、幸せになれると信じているけれど――

カレンは、赤い仔猫をギュッと抱きしめた。

「……アスラン、大好き。愛しているわ」

小さな声で呟く。この思いを抱え、精一杯生きていこう。

涙をこらえ、カレンは眠りについた。

そうしてあっという間に五日が過ぎ、儀式の日がやってくる。

「さっさと歩け！」

手を縄で縛られ、カレンとアダラはシャガに連行されていた。待望の儀式の日なのに、シャガは朝から不機嫌だ。何故なら――

「シャガさま！　お願いです。カレンを生贄にしないでください！」

「彼女が死んでしまったら、もう二度と美味しい料理が食べられなくなってしまう！」

「あの唐揚げが、もう食べられないなんて！」

「ハンバーグに照り焼き、プリン、ドーナッツ……俺は、まだまだ彼女の料理を食べたいんです！」

カレンの料理の虜となった配下の魔獣たちが、カレンを助けてほしいとシャガに懇願するからだ。

「うるさい！　儀式は予定通りに行う。変更はなしだ」

「そんなぁ！」

「考え直してください！　シャガさま」

「ええい！　黙れ！」

プリプリ怒るシャガ。彼が怒れば、いつもなら配下の魔獣は恐れをなして逃げていくらしい。しかし今回ばかりはなかなか引き下がろうとしない。

「……シャガさまだって、気に入って、たくさん食べておられたじゃないですか！　それに、彼女がいい人間だって思っていらっしゃるでしょう⁉」

最後に縋ったトカゲの魔獣の一言に、ついにシャガは切れた。

「黙れと言っている！」

シャガの体から黒い霧が湧きだし、トカゲの魔獣を吹き飛ばす。壁に叩きつけられたトカゲは、バタンと倒れて動かなくなった。

「きゃあっ！　大丈夫⁉」

カレンはトカゲの魔獣に駆け寄ろうとする。しかし、シャガにグイッと縄を引っ張られて、阻まれた。カレンはキッと彼を見上げる。

「……なんてことをするの！　彼はあなたのことを、『怖いけどきちんと話をすれば聞いてくれる方だ』って、自慢していたのに」

「俺に逆らうから、こうなるんだ。お前も魔獣の心配などせず、自分の心配をしろ。お前はこれから生贄となって死ぬのだからな」

シャガは、そう言って嘲笑う。カレンは、黙って唇を噛んだ。

トカゲの魔獣が受けた仕打ちを見たほかの魔獣たちも、黙り込んでいる。それでも、心配そうにカレンを見ながら、後をついてきた。

まるで葬送の行列のような一行が到着したのは、アダラの予想通り石碑のある広場だ。石碑の真ん中には、召喚陣みたいな模様が描かれている。どこかで見たような模様だった。

（どこで見たのだったかしら？）

思い出そうとしたカレンだったが、広場の中央に木で作られた祭壇を見た途端、そちらに意識を持っていかれる。祭壇の上には、二メートルほどの高さの二本の柱が立っていた。

カレンとアダラは祭壇に上げられ、その柱にくくりつけられてしまう。

近くで見ると、祭壇にも柱にも、古代エジプトの象形文字みたいな複雑な文様が彫り込まれていた。

「祭壇ごと火あぶりにしてやろう。そして、お前たちは魔界と人間界をつなぐ通路をこじ開ける、膨大な魔力となる」

残酷にシャガが、そう告げた。

それまで黙っていたアダラが、彼を見据えて口を開く。

「――シャガ、本気で考え直すつもりはないか。俺はカレンと出会い、彼女の召喚獣として暮らすうちに、人間の温かく優しい感情を知った。俺たち魔獣の好む憎悪や怒りに比べれば、激しくも強くもない感情だが、不思議と心地いい感情だ。……遥かな昔、魔獣が人間と暮らしていた頃、人間の心は未熟だった。だから魔獣は人の放つ強い負の感情に惹かれたのだと思う。でも、今人間は変わってきているんだ。それならば、俺たち魔獣も変わる必要がある。人間をよく知り、人間の放つ温かな感情に触れれば、魔獣もそれを好むようになるはずだ。人間にとっても魔獣にとっても、よりいい関係が築けるようになる。神もきっと、それを望んでいるのだ。……そのためにも、ここで無理やり人間界に進攻することは、間違っている！」

アダラの様子は必死だ。

いつも皮肉たっぷりであまりやる気がないアダラが、こんなに力を入れて話すところなど、カレンははじめて見た。

「……アダラ」

そんな風に思ってくれていたのだと感激する。アダラの言葉はカレンの考えそのものだ。同じ思いを抱いていたのだと、こんな時にもかかわらず嬉しくなる。

しかし、シャガは忌々しそうに顔を歪めただけだった。

「氷のアダラが、人間に誑かされたか」

吐き捨てるように呟く。

「シャガ！」

「そんな、違うわ！」

アダラとカレンの声は……届かない。

「もういい！　死ね！」

言うなり、シャガは自分の手の中に、燃え上がる青い炎を生み出した。

配下の魔獣が、一斉に息を呑む。シャガが手から炎を放つと、瞬く間に祭壇に燃え移った。

木の祭壇から炎が上がりはじめる。

「ハハハッ！　どうだ、生きながらにして焼かれる心地は。この木は燃えにくいものでな。ジリジリと時間をかけて燃えるのだ。お前たちには存分に苦しんでもらう。苦しめば苦しむほど、力が溜まるのだ。苦しみ抜いて死ぬがいい！」

残酷な言葉に、カレンの顔から血の気が引いた。さすがにアダラも顔をしかめる。

「悪趣味だな。お前らしい」

「憎まれ口を叩けるのも、今のうちだ」

アダラの揶揄を、シャガは鼻で笑う。

炎は、シャガの言葉通りゆっくりと、しかし確実に勢いを増していった。そして、最初の熱気がカレンに届く。

「うっ！　あ、熱っ」

「口を開けるな！　深く息を吸えば、喉(のど)を焼かれるぞ！」

呻(うめ)いたカレンに、アダラが注意する。しかし、そのアダラも苦しそうに咳き込んだ。

カレンは必死に熱気から顔をそむけたが、息をしないわけにはいかない。熱せられた空気を避けることは、難しかった。次第に、カレンもアダラも咳がひどくなる。

燃え盛る炎は、徐々に勢いを増して近づいてきた。魔界の風に煽(あお)られて、青い炎が踊るように揺れる。それはまさしく地獄絵図だった。

煙に襲われ、カレンの目から涙が流れる。

（……アスランッ！）

絶望しそうになって、カレンは、心の中で叫んだ。

ここで諦めるわけにはいかない。何がなんでも生き延びて、せめて人間としての寿命をまっとうするまでは、アスランと――家族と共に生きたい。

しかし、炎はもう目前に迫っていた。

「クソッ！　あの役立たずの俺さま猫め！　いったい何をグズグズしているんだ⁉」

　ついに我慢できず、忌々しげにアダラが叫ぶ。

　ニヤニヤと二人の様子を見ていたシャガが、訝しそうな表情をした。

「俺さま猫？」

　その瞬間――

「カレン！」

　小さな赤いかたまりが広場に飛び込んできた。シャガにぶつかり、そのまま炎の中に飛び込んでいく。

「きゃあっ！　アスラン！」

　火だるまになるかと思われた赤い仔猫――アスランは、その身の内に、燃え盛る炎をシューと取り込んだ。そのまま炎を突っ切り、カレンとアダラのもとに近づいてくる。

　炎を司る聖獣王による仔猫が通った後は、火がすべて消えていた。

　二人のところに辿り着いたアスランは、縛られている柱の前に、すっくと立つ。

「遅いぞ！」

　アダラが大声で文句を言った。

「すまない。思ったより設置に手こずった。できるだけ広範囲を囲みたかったからな」

　炎を次々と自分の中に吸い込みながら、アスランは答える。

彼は、魔界に来たあの日から、仔猫の姿で結界石の配置をしていた。一個ずつ石を口で咥え、できるだけ大きな五角形になるように配置するのは、思った以上にたいへんで時間のかかる作業だったらしい。石が誰かに見つかって動かされては元も子もないので、上手く隠さなければならないし、そうでなくとも魔界は危険に満ちている。底なし沼に落ちかけたり、動く相手に無差別に襲いかかる魔物に襲われたりと、たいへんだったようだ。

毎日、傷だらけで汚れて帰ってくる仔猫を、カレンは胸が張り裂けそうな思いで世話していた。

そして今日、アスランはとうとう最後の一個を置いてきた。結界石の配置が終わって聖獣界に似た空間となりかけているため、アスランは魔界でも炎を操れるようになっている。

「待たせたな。これだけの広さがあれば、全員喚んでも大丈夫だ」

小さな仔猫は不敵に笑った。

一方シャガは、突如乱入してきた仔猫に驚き、状況が掴めないらしい。

「会話ができるのか？」

しかも、その仔猫は、彼の炎を身に受けて平然としていた。それどころか、その炎を自分の中に取り込んでいる。ただの仔猫ではないことが、わかったのだろう。

「きさま！　何者だ!?」

シャガは、鋭い問いを発する。

「俺さまだ！」

アスランが間髪を容れず、大威張りで返した。

あまりにアスランらしく間の抜けた答えに、カレンは脱力する。シャガやほかの魔獣もポカンとなっている。

「俺を煽っているのか？」

呆然としたシャガの問いに、ガックリと項垂れたアダラが、疲れたように答えた。

「……いや、あれがあいつの素だ」

アスランは平然としている。そしてカレンに向かって叫んだ。

「カムイたちを召喚しろ、カレン！　お前なら召喚陣なしでもできるはずだ。……名を喚ぶんだ！　俺たちの〝家族〟の名を！」

「なっ!?」

驚愕するシャガ。

カレンは、大きく息を吸い込んだ。

「みんな、来て！　カムイ！　アウル！　ウォルフ！」

渾身の思いを込めて、声を張り上げた。

その途端、カレンたちのいる広場を中心として、五つの方角から煌く光の柱が立つ。

それぞれの柱から、ほかの柱に光が走り、魔界の空に光の五芒星が浮かび上がった。

次の瞬間、五芒星の三つの方角から、ドォン！　という大きな音と爆風が上がる。

同時に、巨大なシロクマの聖獣王と鵬の聖獣王、狼の聖獣王が成体の姿で現れた。

「主！」

「カレン！」

「カレン！」

三人それぞれが、万感の思いを込めて主を呼んだ。

カレンの胸にドッと安堵の思いが溢れる。

「カレン！　俺とアダラの名も喚ぶんだ！」

アスランの言葉に従い、今度は、心の底から二人の名を喚んだ！

「アスラン！　アダラ！」

たちまち、赤い仔猫と人型のアダラが祭壇の上から消え去った。次の瞬間、五芒星の
残り二角に、翼を持つ赤い獅子の聖獣王と、龍の魔獣王が現れる。

「みんな！」

聖獣王と魔獣王、合わせて五体が、魔界を震わすほどの咆哮を上げた。――それは、壮観で恐ろしく、また限りなく美しい光景だ。

「我らの主を返してもらおう」

シロクマの聖獣王カムイが、厳かに宣言する。

その様子を見て、シャガはブルブルと怒りに体を震わせた。

「よくも儀式を邪魔したな！　あまつさえ、この魔界に聖獣の分際で乗り込むなどと、ふざけた真似を――一頭残らず叩き潰して、今度はお前たち全員を生贄にしてやる！」

そう叫ぶなり、シャガはその場で大きな黒豹の魔獣王の本体に姿を変えた。

獰猛な牙がのぞく大きな口を持ったシャープな体の黒豹が、そこに現れる。真黒な体の中で金色の目だけが、好戦的に輝いていた。黒豹は、長い尾を鞭のようにしならせて、空間を打つ。

「魔獣たちよ、我に従え！　恨み重なる聖獣たちと、我らを裏切ったアダラを引き裂くのだ！」

シャガの命令を受けて、その場にいた魔獣たちも一斉に戦闘態勢に入る。一頭一頭は王クラスに比べれば小さいが、なんといっても数が凄まじく多かった。

「うおぉぉおっ！」と雄叫びを上げた魔獣たちは、カムイたちに襲いかかっていく。

シャガが先陣を切り、アスランに牙をむいた。

広場は、あっという間に大乱戦となった。

アスランが炎を打ち出せば、シャガも同じ炎で返す。

次々と飛びかかってくる魔獣を、カムイは端から凍りつかせる。

アウルは風の力で離れた位置の魔獣を吹き飛ばし、近寄ってきた者には、ウォルフが牙を立ててねじ伏せた。逃げ惑う者達を、アダラの黒い闇が呑みこんでいく。

アスランとシャガが互角で、ほかは圧倒的に聖獣王たちの力が勝っている。しかし魔獣は、どんなに倒してもあとからあとから湧いてきた。

炎や氷が飛び交い、風が荒れ狂って、大地が揺れる。

（ちょっと待って！　危ないでしょう！）

そんな中、カレンはいまだに祭壇の上の柱に縛られていた。

もちろん彼らは、できるだけ祭壇から離れて戦い、カレンに害が及ばないようにしていた。しかしそれも完全とはいえず、カレンの命は危険にさらされている。攻撃の流れ弾にでも当たれば、ただの人間のカレンは、あっという間に死んでしまうだろう。

縛られているため逃げることもできず、カレンはどうしようと焦る。

その時、祭壇を上ってネズミの魔獣が現れた。キョロキョロとあたりを見回し、カレンに駆け寄ってきた魔獣は、彼女を縛る縄を解きはじめる。

「今のうちだ。早く逃げろ！　シャガさまは恐ろしいが……でも、お前は俺たちに美味しい料理を食べさせてくれた。温かい気持ちも教えてくれた」

見れば、先ほどシャガに吹き飛ばされたトカゲの魔獣も、祭壇の上にいる。満身創痍で足も引きずっているのに、周囲を見張ってくれていた。

カレンの胸は、感謝で熱くなる。

「ありがとう」

「いいから、お前は、早くどこかに隠れろ！」

ネズミの魔獣がそう言った時だった。

上を向いていたトカゲの魔獣が、焦った声を上げる。

「危ない！　逃げろ！」

「え？」

振り仰げば、アスランと対峙しているシャガの目が、運悪くこちらに向いていた。シャガは目ざとく、カレンが逃げようとしているところを見つけてしまう。

「人間！　逃がさんぞ！」

かった。

黒豹の尻尾が揺らめき、そこから生み出された空気のかたまりが、カレンに襲いかかった。

立ちすくむカレンを、トカゲとネズミの魔獣が突き飛ばす。

一瞬後には、カレンが立っていた場所を、虚空を操るシャガの空気砲が薙ぎ払っていた。その余波を受けて二匹の魔獣が吹き飛んだ。

「カレン！　クソッ、きさまの相手は俺だ！」

アスランはカレンの無事を確認すると、シャガに襲いかかっていく。

カレンは、頭を振りながら立ち上がった。

目の前には、カレンを助けてくれたネズミとトカゲの魔獣が倒れている。

「大丈夫⁉」

慌てて駆け寄れば、かすかな呻き声が二匹から聞こえた。どうやら無事なようだ。

それでも傷だらけになった二匹の姿に、カレンは動揺した。

（あぁ、ヒドイ！）

見上げれば、まだまだ戦いは続いている。アスランやカムイたちも傷ついているし、攻撃を受けた魔獣たちが倒れていく。その様子は、悲惨の一言に尽きる。

「……あ……」

みんな、カレンの作った料理を美味しいと言って食べてくれた魔獣たちだ。ついさっきは、カレンを殺さないようにとシャガに頼んでくれた。

「……こんなこと、許しちゃいけないわ」

カレンは、ギュッと拳を握る。なんとか止めたいと心から願った。

「どうにかしたい。……何か、私にできることはないの？」

必死に視線を巡らせる。その目が、ふと石碑に止まった。

どこか見覚えのある模様の刻まれた石碑だ。

ここから、魔獣は誕生したのだと、アダラは言った。

（……でも、結局魔獣を生み出したのも、神さまよね？）

神とは、世界を創造した者だ。だとすれば――

ピンとひらめき、カレンは石碑に向かって走った。途中で何度か攻撃の余波を受けて転ぶが、そのたびに立ち上がり、走り続ける。

ようやく辿り着いて近くで見た模様は――聖獣界で見た神殿の石碑の召喚陣に似ていた。

（やっぱり）

カレンは、召喚陣に両手で触れる。

カレンが触れたところから、模様が淡いピンクの光を放ちはじめた。

両手が熱くなり、体中の力が、石碑に向かって吸い込まれるように流れていく。

（大丈夫、できるわ！）

大きく息を吸い、カレンはお腹に力を入れた。

「どうか、私の呼びかけに応えてください。――力を貸してほしいんです。この戦いを止めたいの！　お願い！　神さま!!」

祈りを込め、カレンは叫んだ！

その瞬間――

カッ！　と石碑がピンクの光を発する。

爆発するような光が、瞬く間に魔界すべてをピンクに染めた。

溢れる神気が、すべての者の動きを止める。

魔獣も聖獣も、引き寄せられるように石碑の方を見た。

石碑の前には、ピンクの光に包まれたカレンが立っていて、彼女の傍らには一際強い輝きを放つ光が渦を巻いている。

「カレン！」

「神よ！」

いち早くアスランがカレンのもとに走り、その後をカムイが追いかけた。アウルたちもすぐ後に続く。

人型になったアスランは、力いっぱいカレンを抱きしめた。

カムイたちは、神が顕現(けんげん)した光の前に跪(ひざまず)く。

光を放つ神気に恐れをなした魔獣たちも、次々に地に降り、その場に額(ひたい)をつけていった。

上空で、黒豹(くろひょう)が混乱して立ちすくむ。

「神……神が、魔界に!?」

その黒豹(くろひょう)に龍が近づいた。

「降りよう、シャガ。いくら我らでも神に敵(かな)うわけがない。降りて神の言葉を聞くんだ」

この状況で、シャガに逆らう術(すべ)などあるはずもない。

呆然としながら、シャガはアダラと共に、石碑の前に降り立った。

魔界に降臨した神。

その神の第一声は――

『カレン、元気だったかい？　私はあの後、きちんとメンテナンスの見回りをしたんだよ』

褒めて褒めてとねだる子供のような、そんな言葉であった。

カレンは、顔を引きつらせる。

「……それは、すごいですね」

カレンのセリフは棒読みにもかかわらず、神はキラキラと嬉しそうに光を明滅させた。

カムイがゴホンと咳払いをした。

「……神さま」

『ああ、カムイ。今回はずいぶん派手にやったね。カレンを救うためだから仕方ないけれど、それにしては戦いを長引かせすぎだ。カレンを不安がらせてはいけないだろう?』

カムイは、ハッと頭を下げた。

ピンクの光は、落ち着いた波動を周囲に広げる。その波動に触れた者たちは、瞬く間に癒されていく。あらゆる傷が塞がり、痛みも消える。

カレンの視界の端で、まだ祭壇上で倒れていたネズミとトカゲの魔獣が、ピョコンと起き上がるのが見えた。

カレンはホッと安堵する。

『カレン、私の名づけ子。君は魔獣をどうしたい?』

神がカレンにたずね、シャガがハッと顔を上げた。

食い入るようにカレンを見つめるシャガを、彼女は黙って見返す。

シャガはカレンを魔界に捕らえ、生贄（いけにえ）にして殺そうとした。それは、到底許せることではない。

けれど、魔界にはネズミとトカゲの魔獣のようなものもいる。

「……徐々に人間の感情に慣れていってもらって、少しずつ人間界と魔界が交流できたらいいなと思っています」

急にはムリだ。魔界の中にはシャガのような考え方の者も多く、人間にだって悪い人は大勢いる。

魔獣が来たことにより、人間界に戦争が起こるようなことがあってほしくない。

カレンの言葉を聞いたシャガは、驚きに目を見開いた。あんまり驚きすぎて、金色の目がこぼれ落ちそうだ。

少し滑稽（こっけい）なその表情に、カレンはクスッと笑った。

「そうですね。……手始めに、シャガさんに私の召喚獣になってもらって、うちのお店で働いてもらうのもいいかもしれません」

カレンの言葉に、全員呆気（あっけ）にとられる。

「カレン！　ダメだ！」

カレンを抱きしめていたアスランが、彼女の両肩を掴んで目を合わせ、反対してきた。

「あんな危険な奴を、カレンのそばに置けるものか！」

「召喚獣になれば、私にとって一番安全な存在になるでしょう？」

「それでも、ダメだ！　……お前のそばにいる奴が、これ以上増えてたまるものか！　俺との時間が減るだろう⁉」

非常に独占欲の強い、俺さまアスラン。彼が反対する一番の理由が最後の一言だということは、誰にでもわかることだろう。

「俺は、賛成だ。カレンの召喚獣で、魔獣一人だけというのは、肩身が狭いからな」

肩身が狭いなんてちっとも思っていなそうなアダラが、そう言った。

カムイとアウルとウォルフは、複雑な表情ながら「カレンがそう望むのなら」と、彼女の意に従（したが）うと言ってくる。

ピンクの光の明滅（めいめつ）が、呆然としているシャガの周囲を囲んだ。

『どうする？　魔獣の王の一体よ。カレンの提案を受けて、彼女の召喚獣になるか？　もしも君たち魔獣が、人間と知り合い、互いに尊重し、よりよい関係を築けると判断できたら——私は魔界と人間界の行き来を許そうと思っている。その先駆けとなるつもりはあるか？』

シャガは、まだ固まっている。混乱しているのだろう。

魔獣が人間界へ行くことは、彼らの悲願。それを叶えるチャンスが目の前にぶら下がっているのだが、手を伸ばせないでいる。

（シャガはめちゃくちゃプライドが高そうだったものね。アダラのことも裏切り者って言っていたし……彼にとって、人間の召喚獣になることなんて、とても受け入れられないことかもしれないわ）

しかも、シャガはカレンを生贄にしようとしていたのだ。そんな相手から許され、手を差し伸べられていることも、信じられないのだろう。

カレンにしてみれば、シャガが嫌なら無理をしなくてもいい。別に召喚獣にするのは、シャガではなくてあのトカゲやネズミの魔獣でもいいのだ。

カレンがそのことを口に出そうと思った時、ピンクの神が動いた。

シャガの耳元で、光が瞬く。

『そんなに難しく考えることはないよ。カレンと過ごした時間は楽しかっただろう？人間である彼女の感情は、彼女の料理と同じくらい、君を魅了したはずだ。意地を張らずに、素直に頷けばいい。……でないと、彼女の召喚獣には、別の魔獣がなることになるよ。当然、その魔獣は毎日彼女の料理を食べることになるだろうね』

その言葉に、シャガはブルリと体を震わせた。

「わかった。……召喚獣になる」

低い声で唸るように宣言するシャガ。

カレンはおずおずと言う。

「あの、別に無理をしなくても――」

「無理じゃない！　俺がなると言ったらなるんだ！　わかったな！」

――どうやらシャガは、アスラン以上の俺さまのようだった。

こうしてカレンに六体目の召喚獣ができたのだった。

第七章　「君と永遠に」

「我が名はシャガだ。虚空を操る黒豹の魔獣王。――我が名、我が牙、我が爪にかけて誓う。我が力、そなたのものとし、我が命、そなたの糧とせよ。我は生涯そなたのものだ」

「ありがとう、シャガ。私はカレンよ。よろしくね」

正式な契約を終え、シャガを召喚獣としたカレン。

シャガ以外の魔獣たちもカレンの召喚獣になりたがったが、それはお断りした。一度にそんな多くの者を迎えることはできない。

「カレンの召喚獣になりたいんなら、せめて魔獣王にならなきゃね」

人さし指を振ってみせ、魔獣たちに言い聞かせるアウル。

そんな決まりはまったくないので、もっともらしく言わないでほしい。

「大丈夫よ。アダラとシャガは、今後魔界と人間界を自由に行き来できるんだから。希望があればお弁当を配達してもいいわ」

カレンの言葉に、魔獣たちは絶望した表情で首を横に振る。いくら可能だといっても、魔獣王たる二人にお弁当の配達を頼める猛者はいないだろう。

カレンは、「う～ん」と考え込んだ。

「じゃあ、時々なら、私が二人に連れてきてもらって、魔界で料理をしてもいいわ」

今度のカレンの言葉には、魔獣たちは大喜びでうんうんと首を縦に振った。トカゲとネズミの魔獣は、手に手を取って、飛び上がっている。

「カレンは優しすぎだ」

拗ねたアスランが、背中からカレンを抱きしめてきた。

「そんなことをしていたら、ますます俺とカレンの時間が減るじゃないか」

聖獣であるアスランは、基本的に魔界についてくることができない。今回のように結界石を使えば可能だが、あの石は元々聖獣界の宝物。今回は緊急事態だから特別に使えたが、そう簡単に使うことはできないものなのだ。

「一分一秒でも惜しいのに」

生きる時間の長さが違うカレンとアスラン。彼はほんの少しの時間でも離れたくないのだろう。

カレンは、アスランの手に自分の手を重ねた。切ない気持ちをこらえ、ギュッと握り締める。

『カレン』

そんな彼女に、ピンクの神が話しかけてきた。

『ありがとう。君のおかげで魔界と人間界をつなぐ目途がつきそうだ。魔獣と人間がよりよい関係を築く第一歩にもなるだろう』

神はかねてより、魔獣と人間の関係改善を願っていた。神にとって今回のカレンの選択は、願ったり叶ったりのことだった。

『お礼に、何か欲しいものはないかい？』

そんなことを聞いてきた。

カレンは、ゆっくりと首を横に振る。

「いいえ、神さま。私の望みはいつだって家族だけです。今回も、結果的には家族が増えたんですもの。私は幸せです。これ以上、欲しいものなんてありません」

カレンの答えを聞いて、召喚獣たちは嬉しそうに笑い合う。

「フン。おめでたい人間だな」

シャガはそう毒づきながらも、顔を赤くしていた。

ピンクの光も嬉しそうに瞬きながら回転する。

『そう。では、私は、君のその幸せが、末永(すえなが)く続くようにしてあげよう。そして、君の家族が、まだまだ増えるように』

神の言葉と共に、ピンクの光がカレンとカレンを抱きしめていたアスランの体を取り囲んだ。

やがて光はゆっくりと、カレンとアスランの体に吸い込まれていく。

「……神さま？」

カレンは、目をパチパチさせた。なんだか体がポカポカと温かく、軽い。

『カレン。君の寿命を、君にぴったりくっついている彼——アスランと同じくらいにしておいたよ。彼の子供を産むことも可能だ。まあ、産まれてくる子は、聖獣になるけれどね』

カレンは、息を呑んだ！

アスランの手が、強くカレンを抱きしめる。

「本当に？」

『私は神だ。嘘なんかつかないよ』

カレンは、喜びのあまり、ポロポロと泣き出した。

「カレン、カレン、カレン！」

彼女の名を呼ぶアスランの声も湿っている。

「やったね！　カレン！」

自分のことのように飛び跳ねて喜ぶアウル。

「よかったな」

ウォルフは、しっかり頷きかけてくれる。

「神よ、感謝いたします！」

カムイは、神に対し祈りを捧げた。

「まだ当分、お前に付き合わなければいけないということか」

アダラは肩をすくめて、ニヤリと笑う。

「魔界と人間界が自由に行き来できるようになるまで、お前には生きていてもらわなければならないんだ。当然だろう」

シャガは、偉そうに言った。

アスランは突如カレンをお姫様抱っこすると、その場でクルクルと回り出す。

「きゃあっ！　アスラン！」

十回くらい回ってから、アスランはクラクラしているカレンを地に下ろした。

彼はカレンの腰をしっかり支え、顔を覗きこんでくる。

「カレン、結婚しよう！　俺と一生、一緒に生きてくれ！」

それは、聞き間違いようのない、はっきりとしたプロポーズだった。

カレンの頬は熱くなる。

答えなんか、決まっていた。

「はい。……アスラン。私と結婚してください」

その瞬間、大歓声が上がる。

ピンクの光に染まる魔界が、今度は、ピンクの空気に染まった。

みんなの祝福の中、カレンはアスランのキスを受ける。

神さまのミスで、異世界に落ちたカレン。

聖獣と人間と魔獣のいる不思議な世界で、彼女はたくさんの家族と、最愛の夫を得た。

（結婚式にはウエディングケーキを作ろう。お祝いに鯛を焼いて、引き出物はカステラがいいわ。新婚旅行は駅馬車で、駅弁を持って――――）

これからの未来と、その時に作りたい料理を、カレンは次々に思い浮かべる。しかし、駅弁のことを考えたところで、ハッ！　とした。

「ああ！　そういえば、お店はどうなったの？　もう一週間以上お休みになっているわよね」

聖獣界から帰ると同時に攫われて、一週間。ずっとお弁当を作れていないはずだ。

心配するカレンに、「大丈夫だ」と、カムイは言った。

「カレンの具合が悪いと言って、客や城には臨時休業と伝えた。うちの店への注文分は、ほかの店が分担して作ってくれている。どの店も『カレンさんには、いつもお世話になっているから』と、快く引き受けてくれた」

「みんなカレンを心配していたよ。早くよくなってほしいって、お見舞いや伝言をいっぱいもらったんだ」

ニコニコとアウルが伝えてくれる言葉を聞いて、カレンは嬉し泣きしそうになった。

みんなの厚意が、心に沁みる。

「そう。よかった。……さあ、みんな帰りましょう！　帰ったらお弁当を作って、お店を開けるの。休んで迷惑をかけた分、がんばらなくっちゃ！」

前向きなカレンの言葉に、アスランたち聖獣は笑みを浮かべる。アダラは苦笑して、シャガは「オミセ？」と首を捻った。

ピンクの光が、チカチカと楽しそうに瞬く。

異世界で、カレンはこれからもお弁当屋を続けていくだろう。

愛する家族と一緒に、末永く幸せに——

書き下ろし番外編

ハッピーウエディング

カシャカシャカシャと響く軽快な音。

ふわりと広がる甘い香り。

「そうそう、その調子です。メレンゲはツノがピンと立つまでしっかり泡立ててくださいね」

数十個もの大きなボールの中で真っ白なメレンゲが泡立てられていく様は、お菓子好きにはたまらない。

満足げに見ていたカレンは、今度はシンクの脇に移動して魚の下処理を覗きこんだ。

「ウロコはできるだけ丁寧に取ってください。あとエラも取り除いてくださいね」

カレンの言葉に、料理をしている人たちは「はい」と答える。高級魚の鯛が、あっという間に調理され、あとは焼けばいいだけになった。

ここは王城の厨房。

今日は〝とある事情〟で大人数の料理を作らなければならないため、カレンは特別に厨房とそこで働く人々の協力を得ている。

カレンは平民。本来ならば城の厨房を使うなんてできるはずがない。

しかし、親しくしている王弟アルヴィン元帥の口利きと、いつもカレンのお弁当を食べている大勢の騎士たちの後押しで、特別な許可が出た。

なので、厨房を使うこと自体に問題はないはずなのだが、料理をしている人々は少し困り顔で彼女を見ている。

「カレンさん。その……そろそろ準備をしないと間に合わないのではないですか？」

料理人の一人が、遠慮がちに声をかけてきた。

カレンは、う～ん？　と考え込む。

「大丈夫ですよ。私の準備なんてそんなにかかりませんから」

「そんなわけないでしょう!!」

あっけらかんと答えたのだが、その場ですぐに否定の怒鳴り声が聞こえてきた。

驚いて声のした方を見れば、厨房の入り口に腰に手を当て仁王立ちになるミアムとポーラがいる。

「カレンさんったら、何をのんびりしているんですか!?」

「今日の主役はカレンなのよ！　あなたの準備に時間がかからないはずないでしょう！」

いつも可愛いミアムはプリプリと怒り、迫力満点な美人のポーラはアイスブルーの目で睨みつけてくる。

カレンは思わず首をすくめた。

「あっと、そのお料理が心配で――」

弱々しく言い訳すれば、つかつかと近寄ってきたミアムに腕を掴まれる。

「料理の心配なんてしている場合ですか！」

「早く来なさい！　今日は、あなたの〝結婚式〟なんだから。花嫁が料理をしているなんてありえないでしょう！」

大声で怒鳴られて慌てて「ごめんなさい！」と謝ったカレンは、引きずられるように厨房(ちゅうぼう)から連れ去られていった。

見送った料理人たちは大きく息を吐き出し、顔を見合わせて、クスリと笑った。

そう、うららかな天候に恵まれた本日、カレンはアスランと結婚式を挙げる。

しかも場所は王城前の広場で、盛大なガーデンパーティー形式だ。料理人たちが作っていたのは、ウエディングケーキとお頭つきの鯛の焼き物。もちろんほかの料理も盛りだくさんだ。

（どうしてこうなったのかしら？）

最初、カレンは家族とごくごく親しい人たちだけで小さな式をするつもりだった。なのに、話を聞きつけたお弁当屋のお客さんやお城の騎士たち、ポーラをはじめとした聖獣たちや、挙げ句にシャガの配下の魔獣たちまでこぞって参加したいと言い出したため、こんな形になってしまったのだ。

今日だけは聖獣も魔獣も神から許しを得、正体を隠すという条件付きで人間界への自由な出入りが認められていた。このため、広場では彼らも加わって式の準備が着々と進められている。

厨房から連れ戻されたカレンは、城の一室でミアムとポーラに飾り立てられた。

「すごくキレイよ、カレンさん！」

カレンに化粧をし、ウエディングドレスを着せたミアムが満足そうに笑う。

「ああ、カレンは素がいいからな。磨き甲斐がある」

髪を結ったポーラはドヤ顔だ。

お手伝いをしてくれたお城のメイドたちもうんうんと大きく頷く。

肝心のカレンは……ぐったり疲れていた。

（ウエディングドレスを着るのがこんなにたいへんだとは思わなかったわ。世の花嫁さんは、みんなこんなに苦労しているのね）

どうりでみんなキレイなはずだ。

鏡に映ったカレンも、これが自分だとはとても思えないほど美しかった。

オフショルダーの純白ドレスは、たっぷりのドレープと花のレースが美しく、カレンの可愛らしさを引き立てている。ゆるふわ低めのシニヨンに結んだ髪にはブーケと同じカラフルな花の髪飾りが揺れていた。特筆すべきはダイヤで縁取られたルビーのネックレス。アスランの髪と同じ色のネックレスは嬉しいのだが、ピジョンブラッドと呼ばれる大きな宝石は、この世界でもとても高価なもの。

（アダラとシャガは、この程度の石なら魔界にゴロゴロ転がっているって言っていたけど、いったいいくらになるのか見当もつかないわ！）

魔界は鉱石の宝庫らしく、ルビーはアダラ、ダイヤはシャガが持ってきた。ついでに言えば、純白のドレスはカムイが用意し、ブーケや髪飾りの花はウォルフが咲かせてアウルがアレンジしたものだ。

みんなの気持ちが詰まった今の自分の姿に、カレンは感無量。

（これならアスランの隣でも、見劣りしないかもしれないわ！）

イケメンすぎる恋人――いや、夫を持つのもたいへんなのである。

しかし、その肝心のアスランが、隣にいなかった。それどころか、城内、いや国内、いやいや人間界にもいないのではないだろうか？

自分以外のカレンの召喚獣たちが次々に彼女に贈り物をするのを見たアスランは、「俺もカレンにとっておきの贈り物をする！」と宣言して昨日飛び出してしまったのだ。

その後、誰がどんなに探しても気配を感じられないまま。

（アスランったら、絶対自分が花婿で祝われる側だということがわかっていないわよね）

あまりに意表を突かれたため、呆然と見送ってしまったのだが、この時間になってもアスランは帰ってこない。

（聖獣に結婚式をする習慣はないみたいだし……まさか、式に間に合わないってことはないと思うんだけど？）

……だんだん心配になってきた。

そして、その後アスラン不在のままカレンは式が挙行されるステージに上がる。花嫁の付き添いで一緒にいるのは、彼女の召喚獣たちだ。

「あいつ。いったいどこに行ったんだ」

ウォルフは不機嫌に顔をしかめた。

「まったく。何をしているやら」

カムイも眉をひそめている。

「あんな奴、いなくてもいいのではないか？」

冷たく言うのはアダラで、シャガは隣で大きく頷いている。

花婿不在の結婚式などありえないのでそういうわけにはいかないだろう。

「大丈夫だよカレン。アスランが来なかったら俺が花婿になるからね。うんうん、そうしなよ！　絶対その方がいいよ！」

アウルはニコニコ笑ってそう言った。

冗談だと思うが、彼の衣装は純白のタキシード。どこからどう見ても花婿に見えるアウルに、カレンの笑みは引きつってしまう。

（っていうか、アウルだけじゃないのよね。カムイとウォルフは白い軍服だし、アダラとシャガは黒の軍服で……なんて言うかみんなすごく花婿っぽい衣装だわ）

今のカレンは、五人の花婿に囲まれているみたいに見えた。祝福しようと広場に集まってきた客の中からも「いったい誰が花婿なんだ？」と疑問の声が上がっている。

どうしようと思って視線を彷徨わせれば、視界の隅にこちらに駆けてくる赤い髪が見えた。

「アスラン！」

「――――カレン！　すまない。遅くなった！」

アスランはすでに白いタキシード姿だ。結婚式を忘れていなかったことにホッとしたのだが、髪は乱れてバサバサ。おまけに両手に大きな丸くて平らなものを抱えていた。

「アスラン！　どうしたの、それ？」

「お前にプレゼントだ！　どんなものなら喜んでくれるかと考えて、神界にまで行ったから遅くなってしまった」

ステージに上がったアスランは、肩で息をしながらも持ってきた丸いものをカレンに見せてくる。それは直径五十センチほどの鏡だった。ずいぶん古い鏡で鏡面が歪んでいる。

ハッキリ言ってそれほど価値のあるものには見えなかった。

（でも、神界って……わざわざ神さまにもらってきたってこと？）

「この鏡は？」

「まあ、見てろって」

得意そうに胸を張ったアスランは、鏡をグンと前に突き出した。

すると、歪んでいた鏡面に何かが映りはじめる。

ユラユラと不安定に揺れていた鏡面は、やがて四人の男女の顔を映し出した。

「……………あっ！」
『蓮花(れんか)ちゃん！　蓮花ちゃんなのね！』
『ああ。久しぶりだ』
『元気そうね。ほら、あなた、心配していた蓮花ちゃんですよ！』
『わかっとる！　見えておるわ』
鏡の中の四人からもカレンが見えているのだろう。彼らは嬉しそうに声をかけてきた。
「ああ！　……………まさか」
彼女を蓮花と呼ぶ人たち。
鏡に映っているのは、カレンが日本で働いていた時のお弁当屋の主人夫婦と若夫婦だ。
カレンの胸に懐かしさがドッと溢(あふ)れ出した！
『蓮花ちゃんキレイになって。お嫁さんになるんだね』
『ずっと連絡がないから心配していたのよ』
『そしたら急にそっちの赤い髪の人からＳＮＳで連絡がきて』
『今日が結婚式なんですって？　驚いたけど幸せそうでよかったわ。おめでとう！』
二度と会えないと思っていた人たちの姿を見、声を聞き、お祝いの言葉をもらって、
カレンの目から涙がこぼれる。

「店長さん。私――――」

『泣くな。笑っていろ。幸せならそれでいい。……おめでとう蓮花』

温かな言葉をかけられて、胸がいっぱいになった。

ポロポロと泣くカレンの脇に、いつの間にか鏡をカムイに持たせ交替したアスランが寄り添ってくる。肩を引かれて抱きしめられた。

「結婚式は家族に見守ってもらうものだとカレンは前に言っていたよな。今の家族は俺たちだが、きっとカレンは前の家族にも見てもらいたいだろうと思ったんだ。だから神に頼んで異世界を映せる鏡をもらった。……まあ、効果は今だけだが、それでも式を見てもらうことはできるだろう？」

なんでもないように説明されるが、いくら聖獣王のアスランとはいえ、神界まで行って神さまに頼むなんてずいぶんたいへんだったはずだ。

鏡はもちろん、そこまで自分のことを考えてくれたアスランの心が、とても嬉しい。

「ありがとう。最高の贈り物だわ」

涙に濡れた目を上げれば、額にキスが落とされた。

ワッ！　と大きな歓声が上がる。

『おめでとう！』

『幸せにね！』

「おめでとう！」

「おめでとう！　カレン、アスラン！」

鏡の中からの声に、周囲のみんなからの声が重なり、広がっていく。

――――この日、カレンは最高に幸せな花嫁になった。

ミラクルファンタジー

待望のコミカライズ！

気がつくと、異世界の戦場で倒れていた女子大生の茉莉(まり)。まわりにいる騎士の格好をした人たちは、茉莉に「女王陛下」と呼びかける。てっきり夢かと思い、気負わずに振る舞っていたが、なんと、本当に女王と入れかわってしまっていた!?　さらに、ワガママな女王の悪評が耳に入ってきた上、茉莉はもう元の体に戻れないらしい。そこで茉莉は、荒(すさ)んだ国の立て直しを決意して――？

＊B6判　＊各定価：本体680円＋税

アルファポリス 漫画　検索

本書は、2017年8月当社より単行本として刊行されたものに書き下ろしを加えて文庫化したものです。

レジーナ文庫

異世界キッチンからこんにちは２

風見くのえ

2020年8月20日初版発行

文庫編集－斧木悠子・宮田可南子
編集長－太田鉄平
発行者－梶本雄介
発行所－株式会社アルファポリス
〒150-6008 東京都渋谷区恵比寿4-20-3 恵比寿ｶﾞｰﾃﾞﾝﾌﾟﾚｲｽﾀﾜｰ8階
TEL 03-6277-1601（営業）　03-6277-1602（編集）
URL https://www.alphapolis.co.jp/
発売元－株式会社星雲社（共同出版社・流通責任出版社）
〒112-0005 東京都文京区水道1-3-30
TEL 03-3868-3275
装丁・本文イラスト－漣ミサ
装丁デザイン－ansyyqdesign
印刷－中央精版印刷株式会社

価格はカバーに表示されてあります。
落丁乱丁の場合はアルファポリスまでご連絡ください。
送料は小社負担でお取り替えします。

ISBN978-4-434-27761-0 C0193